為人民服務

為人民服務

閻連科

香港城市大學出版社
City University of Hong Kong Press

剪紙：尚愛蘭

©2020 香港城市大學
2022年第二次印刷
2024年第三次印刷

本書版權受香港及國際知識版權法例保護。除獲香港城市大學書面允許外，不得在任何地區，以任何方式，任何媒介或網絡，任何文字翻印、仿製、數碼化或轉載、播送本書文字或圖表。

國際統一書號：978-962-937-453-2

出版

香港城市大學出版社
香港九龍達之路
香港城市大學
網址：www.cityu.edu.hk/upress
電郵：upress@cityu.edu.hk

©2020 City University of Hong Kong

Serve the People
(in traditional Chinese characters)

First published 2020
Second printing 2022
Third printing 2024

ISBN: 978-962-937-453-2

Published by

City University of Hong Kong Press
Tat Chee Avenue
Kowloon, Hong Kong
Website: www.cityu.edu.hk/upress
E-mail: upress@cityu.edu.hk

Printed in Hong Kong

目　錄

選集總序

憤恨於自己的寫作與人生

經常懷疑自己的寫作，就是一場尷尬的文學存在。

因為這尷尬是文學與人生中的「一場」，想既是一場，就必有結束或消失的時候。不怕消失，如同任何人都要面對死亡樣。然而結束卻遲遲不來，是這種尷尬無休無止——這才是最大的尷尬、驚恐和死亡。

香港城市大學出版社，願意出版這套包括我剛剛完成、也從未打算「給予他人審讀」的最新長篇小說《心經》在內的九冊「閻連科海外作品選集」（小說卷 6 冊、演說散文卷 3 冊），讓我感到他們朝殘行者伸去的一雙攙扶的手。可也讓我在恍惚中猛然驚醒到：「你已經有九本在你母語最多的人群被禁止或直接不予出版的書了嗎？！」這個數字使我驚愕與悵然。使我重新堅定地去說那句話：「被禁的並不等於是好書，一切都要回歸到文學的審美和思考上。」然而我也常呢呢喃喃想，在大陸數十年的當代文學中，一個作家一生的寫作，每本書都毫無爭議、出版順利，是不

是也是一個問題呢？我總以為，中國的開放，永遠是關着一扇窗，開着另外一扇窗；一切歷史的變動，都是在嘗試把哪扇窗子開的再大些，哪扇關的再小些。永遠的出版有問題，但如我這麼多地「被禁止」、「被爭論」，自然也是要駐足反省的寫作吧。

文學能不能超越歷史、現實和那兩扇誰關誰開，關多少、開多少，乃或都關、都開的窗子呢？

當然能。

也必須！

只是自己還沒有。或者你如何努力都沒達到。我並不願意人們用良知和道德去看待我的寫作和言說，一如魯迅倘使還活着，聽到我們說他是「戰士」、是「匕首」，會不會有一種無言之哀傷？「閻連科海外選集」自然是集合了我較為豐富寫作中的「某一類」。這一類，對「外」則是親近、單調的，對「內」則是尖銳卻無法閱讀體味的。但無論如何説，它也是一個作家的側影吧。面對這一側影的呈現和構塑，我異常感謝城大出版社每一位為這套叢書付出心血的人 —— 他們是真正懷有良知的人。而至於我，面對這套書，則更多是尷尬、憂傷和憤恨。

尷尬於自己寫作的尷尬之存在。

憂傷於這種尷尬何時才是一個結束期。

而憤恨，則是憤恨自己深知超越的可能與必然，卻是無論如何都沒有達到那處境界地；而且還如一個溺水的人，愈是掙扎想要超越水面游出來，卻愈要深深地沉溺墜下去。

憤恨於自己的寫作和人生，又無力超越或逃離，又不甘就這樣沉沉溺下去。這就是我今天的人生狀況和寫作狀況吧。除了哀，別無可言說了。

閻連科
2019 年 11 月 29 日於香港科技大學

第 一 章

　　許多生活的真實，是需要以小說的方式表達的。

　　那就以小說的方式表達吧。因為某些真實的生活，只能通過虛構的橋樑，才能使那種真實達到確真的境界。

　　發生了一件事情，是小說中的事情，也是生活中的事情。

　　或者說，是生活重演了《為人民服務》那部小說中的一個事件。

　　專門負責給師長家裏做飯的老公務班長吳大旺，提着一籃青菜站在師長家的廚房門口時，那件事情就嘰哩哐啷，氫彈爆炸樣，轟然展開在他的面前。原是擺在餐廳桌上的那塊印有為人民服務五個大紅字樣的木牌，又一次出現在廚房磁磚鑲面的灶台上。字的左側，是一顆發光的五星；右側，是一枝掛有水壺的長槍；下邊，是一排豐收的麥穗。老公務班長是全師的學習榜樣，政治典型，對這木牌的深刻含意，有着不同凡響的理解。他知道，五星，意蘊的是革命。水壺和長槍，表達的是戰鬥和歷史；是一段

漫長而艱苦的革命歷程。而麥穗，則意味着豐收和美好的未來，意味着實現共產主義之後那絢麗的歲月。

有一天，不知道師長從哪兒提着這塊刷了白漆、印了紅字，並在字的左右兩側和下面，用紅、黃，套印了五星、長槍、水壺和麥穗的木牌回到家裏，擺在餐桌上時，師長蕭穆地盯着正往桌上擺着飯菜的公務員兼炊事員的班長吳大旺，說知道這木牌上的意思吧？吳大旺專注地盯着看了一會，細心地做了解說，師長也就慢慢地笑起來，一臉舒展燦然，說不錯、不錯，的確不錯，我師長家裏的公務員、炊事員，也比他們覺悟高。

吳大旺不知道師長說的他們是誰們，依照不該說的不說，不該問的不問，不該做的不做的軍事原則，他又到廚房給師長和他的夫人燒湯去了。從此，那塊印有為人民服務字樣的木牌，便永駐在了師長家的飯桌上，和醋瓶、辣椒瓶、小磨香油瓶一道，成了那飯桌家族中最偉大、光輝的一員。

日子就這樣一天一天過去，歲月像穿過營院的河流，無聲無息地朝前平靜而安祥地涓涓奔襲。師長總是在每天晨時的軍號未響之前，着裝整齊地從二樓下來，到大操場去查看他那日日訓練的基層軍官和士兵，夜間熄燈號吹過許久之後，才略有疲憊地回到家裏，脫下軍裝，樓下洗漱，上樓休息。革命與工作，就是師長的靈魂與生命，是

師長人生的全部內容與內核。抗日戰爭、土地革命、解放戰爭，這些偉大的歷史，從他的童年伊始，就像一條歷史的軟繩皮尺，在他的生命中丈量着他每一天生命的意義，直到他已經五十周歲、日過正午，臨西將去的老年等在面前，他還依然每天都用那軟繩皮尺去測量他生命的意蘊。而他的夫人，那位年輕、漂亮，比師長小着十七、八的女人，師長總是稱她為小劉的師醫院護士劉蓮，自從成為師長的妻子，就再也沒有去醫院做過醫護人員。不知是師長不讓她從醫上班，還是她不願再上班從醫，就這麼自和師長婚配之後，整整五年，呆在師長的樓裏，與樓為伍，與師長的威嚴為伴，做着高幹樓房的主人。

關於劉蓮，吳大旺對她知之甚少，在到師長家裏之前，可說一無所知。不知道她娘家哪裏，不知道她哪年參軍到了部隊，做了護士，不知道她五年不上班，除了每天飯時從樓上下來吃飯外，其餘時光都呆在樓上幹些什麼。除此之外，吳大旺還不知道她不上班，部隊還給她發不發工資；不知道她本屬軍人，五年不穿軍裝，忘沒忘記軍人的規則和職責。她的歷史，對於他是一片被大霧蒙罩的空白，宛若四季深霧籠罩的一片山脈。他不知道那山上是光禿禿的一片，還是鬱鬱蔥蔥，佈滿深溝狹谷，還是鳥語花香，泉水叮咚。

因為不知，也就不再關心；因為不再關心，師長對吳大旺的工作也就十分滿意。儘管他是已有幾年軍齡的革命老兵，儘管他檔案裏的榮譽如倉庫裏堆着的貨物，儘管表揚、立功、嘉獎，當典型，做模範，年中或年底，師管理科的科長會準時像發枕頭睡覺一樣送給他，他卻還是覺得遠遠不夠。說到底，吳大旺是一個貪婪榮譽的人，是一個渴望進步的優秀士兵。上溯時間長河，回憶往昔歲月，他是在一次師後勤戰線學習與業務大比拼的活動中，緣於不僅能一字不差地背下來二百八十六條毛主席語錄和《為人民服務》、《紀念白求恩》、《愚公移山》三篇經典文章，而且還能在三十分鐘內，連挖灶、切菜在內，完成色香味俱佳的四菜一湯的迫切任務而一舉中榜，名揚營院的所有官兵之中，被師長挑挑揀揀調到了師長家，做了師長家的專職公務員兼專職炊事員。

　　管理科長問，到首長家裏工作，最重要的原則是什麼？

　　他說，不該問的不問，不該做的不做，不該說的不說。

　　管理科長說，還有呢？

　　他說，要牢記為首長家裏服務就是為人民服務的宗旨。

管理科長説，更重要的是，要説到做到，把語言落實到行動上，把口號落實到實踐上。

他説，請首長放心，我一定會言行一致，表裏如一，做一個又紅又專的人。

管理科長説，那好，你去吧，我們等着你從師長家裏把喜訊帶回連隊，帶回你的家鄉。

吳大旺就從警衛連調到了師長家。

半年來，他兢兢業業，恪盡職守，做飯、種菜，打掃一樓的衛生和在樓房前的院落裏，種花養草，修整樹枝，除了期間回家休過一次短假外，幾乎沒有離開過這座編號為一號的洋樓小院。因為他的敬業，因為師長對革命工作和黨的事業近於偏執的癡心和熱愛，在一次黨中央號召的精減編制的運動中，師長便帶頭減掉了家裏的公務員和警衛員。從此，在師長上班之後，這座原來由蘇聯人修建的兵營洋樓裏，就只剩下了師長那三十二歲的妻子劉蓮和這二十八歲的炊事員兼公務員的吳大旺，如同偌大的一處花圃園地裏，只剩下了一株鮮花和一把鋤頭一樣。

事情的伊始，吳大旺渾然不知。他不知道半年來，他在飯桌上吃飯時，師長的夫人曾無數次仔細地看過他，不知道他在樓後鋤菜時，她曾經天長地久地透過窗戶凝視他，不知道他在前院給那葡萄藤搭架時，因為濃密的葡萄

藤和密不透風的思想工作樣，遮住了她的心靈和視線，使她不得不拿出師長的高倍望遠鏡，把他從葡萄葉的縫隙中拉近和放大，日積月累地看着他額門上的汗，像珠寶店的老闆在放大鏡下看着一粒鑽石或瑪瑙，看他脖子的青筋和肩頭上裸露在外的黑皮膚，像觀賞一片青紫的上好玉器樣。而他對此，卻從未覺察，不曉分毫，像路邊野外的一株土槐樹，聞不到被關在花園裏的一片牡丹之香。就這麼，讓時光如東流之水，歲月像西去之日，革命和鬥爭在一號院落之外如火如荼，大江南北都是滾滾洪流，而一號院落之內，則依然宛若桃花之園，綠水青山，充滿着愛的朦朧和詩意的慾望。如此，也就終於在三天前的黃昏裏，在師長去北京的某一神秘場所，參加為期兩個月的學習和研討有關軍隊要進一步精兵簡政的重要會議的第二天的落日中，吳大旺陪着師長的妻子劉蓮吃過晚飯後，他在收拾着碗筷，她外冷內熱地瞟了他一眼，順手把那塊寫着為人民服務的木牌從靠牆的邊上，拿起來放在了紅木飯桌的這頭兒，像讓他去院裏為她取一樣東西樣，又像讓他把掉在屋裏地上的東西揀將起來樣，就那麼隨隨便便，有意無意地把木牌往桌子這頭的角上一擺放，輕輕淡淡說，小吳，以後你只要看到這塊木牌不在原來的地方了，就是我找你有事兒，你就可以到樓上去一趟。

説完這些話，她把木牌示範着往桌角一放，那木牌磕着桌角的聲音，如同軟玉碰着了硬郎的瑪瑙器板，響出一滴青綠、神密的聲音，她便如往日飯後一樣款款地上了樓去。

　　怔怔的站在那兒，他有些不知所措，又有微細一絲說不出的含有甜味的神秘和緊張。望着她的背影，像望着一幀從未見過的女人的後背的畫像，直到她拐過樓梯的轉角，人影宛若落日中的樹影消失在樓上，他才又把木牌又放回原處，開始了他一如往日的洗鍋、涮碗，在院裏東整整、西弄弄的瑣碎而深含革命意味的工作。

　　時至今日，回想起來，他還清晰地記得，那天的黃昏，日光豔紅，如同新涮在牆上的標語。他在廚房進行了一番為人民服務的工作之後，又到前院的花地裏給幾棵開得淫紅的玫瑰剪了多餘的旺枝，提着只有正師職首長家裏才發的塑料水桶（副師職家裏都是下發的傳統鐵桶）給玫瑰和石子兒路邊的冬青澆了水，落日終於也就收了紅豔，西去得無蹤無跡。這是豫東平原上黃昏與夜晚的交接之時，大地上安詳平靜，營院裏知了的叫聲，漸次地稀落下來，偶或地響起，又如隊列歌曲樣嘹亮有力，悅耳動聽。師長家的紅漆鐵門之外，去換哨的士兵的腳步，鏗鏗鏘鏘，而又單調乏味地從院落前邊響了過去。他抬起頭來，

看見那換哨的士兵，曾是他老連隊的一員，便舉手示以禮意，那士兵隔着鋼筋門縫，朝他還以軍禮。然後，他就提着水桶進了樓裏。

就在這時，愛情的導火索，在他的混沌中已被她悄然點着。他看見那塊幾天前他放回原處的為人民服務的木牌不僅不在了原處，而且是醒目裸裸的擺在了客廳中央樓梯底角的四方木柱上。那樓梯上的紅漆，已經被歲月剝蝕得有着累累傷痕，原有的木紋，在許多地方都偷偷地顯露出來，如電影裏那些資產階級的女人描過的眉眼樣躲着、閃着，窺視着這屋裏的一切；如革命者的日記那樣，記錄着革命者的歷史與行為。看見那塊被移動了的為人民服務的木牌，吳大旺沒有發怔，他知道移動就是命令，無聲勝於有聲，知道這時她叫他是有一樣他必該去做的工作在不折不扣的等着他。於是，便慌慌地放下水桶，得令樣咚咚地上了幾階樓梯，才想起半年前，來師長家裏報到的第一天，師長以最溫順、冷峻的口吻對他說，樓上的啥兒都不用你操心，沒有你劉阿姨的話，你不要往樓上走半步。師長的話如毛主席的語錄樣響在他的耳邊上，到樓梯的轉角處他把腳步慢下來，輕抬輕放，如同踩在了一踏即碎的玻璃上。

他不知道那樓梯是什麼木頭做成的，常落腳的地方有了無奈的灰白的腳痕兒，而顯露出來的木紋細得如人的

皮膚般，踩上去又柔軟，又實在。從窗口滲入的黃昏的光亮，像半紅半白的綢紗一模樣。有淡淡一股腐白的香味，不知它的根源是在門窗木頭上，還是青磚白灰的牆縫裏，吳大旺聞着那味道，宛若聞到了一股罕見的浸人肺腑的女人的香。他知道，去見師長的妻子劉蓮，是不該像他入伍前到公社幹部家裏相自己的對象樣，心裏無可遏止地砰砰亂跳。去見劉蓮的這種心跳，有悖於一個革命軍人的覺悟和立場，有悖於他要求上進的內心和思想，於是，他努力收住腳步，用拳頭在胸口上捶了一下，再次地警告自己，說上樓是因為有他必須的一項工作，就像革命的鏈條上，有一個環節在樓上，他不能不往樓上去。也就力挽狂瀾地把心跳的頻率減下來，如同把反革命的濁流遏止住，這才輕腳慢步地上了樓，發現了二樓的結構和一樓一模樣，東邊是兩間臥室，南邊是廁所，西邊是一間空房子。空房子的樓下是廚房和餐廳，而在這二樓裏，它有些會議室的模樣兒，一圈擺了木框沙發和茶几，牆上掛了各式各樣的地域行政圖和軍事佈署圖。

不消說，這是師長的工作間，和文人的書房樣，卻要比文人的書房重要千百倍。吳大旺看見地圖上無數的血紅箭頭和盤來繞去的紅線與綠線、藍線與黃線，還有各種的圓圈、三角和方框，花花綠綠，一如他侍奉的師長家盛開的花園般。他本能地把目光從那屋門口兒縮回來，似乎

一下子明白師長說的沒事不要往樓上多走半步的關鍵所在了。秘密就是一扇門戶，以門戶示人，也就無異於洩露軍機。一個軍人，立當以保護軍機為使命，不該看的絕對不看，不該說的絕然不說。吳大旺之所以深得師長和其妻子以及革命與政治的關懷和信任，正是因為他做到了這一點。

心跳緩和了，一種莊嚴慢慢的籠罩了他全身。把目光從地圖上迅速地移過去，盯在東邊靠左有老式雕刻的屋門上，他朝前移了幾步，豎在門前，完全擺出一個士兵到首長辦公室門前應該提身立正的軍姿兒，抬頭挺胸，面對前方，目不斜視，短促有力地喚了兩個字——報告。

回答他的是沉寂。

他又提高嗓音喚出了那報告兩個字。

沉寂依然如黃昏樣漫在這樓裏。

他知道師長和他的妻子就住在這靠左的臥室裏。他在樓下的外面時，常看到她推開這間屋窗朝外張望的臉，像一個年輕的略顯缺血的貴婦人的臉，活生生地鑲在過時的畫框裏。畫框總是那麼樣，陳舊而呆板，只是那張臉有時慵懶、有時生動，一如有急有緩的革命形勢樣，使那畫框也有了慵懶和生動，有了生命和韻律。他知道她就在那臥室裏。在院裏時，他沒有看到她去二號院或三號院的政委家和副師長的家，去和政委或副師長的家屬聊天說話兒。她很少很少出門去和那些家屬說閒話，就像師長很少和他

的副手們説閑話。這間臥室，就是她生活的全部核心和內容。這幢蘇式的樓院，就幾乎是她全部生命軌道鋪設的地盤和圈地。他知道她還在臥室裏，想再拓開嗓子喚報告，卻是身不由己地拿手在門上敲了敲。

敲了兩下。

骨關節碰着門心板的聲音如同鼓錘落在鼓面上。

她回應了。終於回應了，説進來吧。嗓子有些低啞，還有略微的發顫，像她的喉嚨裏卡了一樣細軟的東西樣。

他推門進去了。

這才看見屋裏沒開燈，一片昏黃的模糊。床、桌、椅子都溶在半黏半稠的模糊裏，像化在了一片泥水中。她就坐在床簷上，手裏拿了一本書，是《毛澤東選集》第一卷。在過後的日子裏，如回味吃過的糖塊樣回憶往事時，他才慢慢領悟到，那一天黃昏裏的模糊是不能看書的。她拿着書，只是為了説明她在看着書，並不真的是看書。可是那時候，他就以為她果真在看書，以為一切的發生都是順理成章、合情合理，如天陰有雨、日出天晴一模樣。

他説，阿姨，有啥事？

她説，開關繩吊到上邊了，你幫我拿下來。

順着她的目光，他果真看見床頭桌邊的開關繩盤繞在了那褐色的開關盒子上，人不站到桌上去，就別想把那繩子拉下來。他就到了她身邊，拉過桌前的椅子，把椅面

上的藤編墊子取下來，脫下鞋，拍了拍並不髒的腳底板，還又找來一張舊報紙，鋪在椅面上，這才上去把吊在開關盒上的繩子拉下來，並順手把開關繩兒朝下一拉，電燈便亮了。

屋子裏一片光明。

因為這光明，他看見窗外有了一片的黑暗。因為窗外的黑暗，他發現在這光明裏，連白灰牆上髮絲樣的裂紋都顯得分明了。屋子裏沒有什麼奇特，就像軍營的軍械倉庫裏沒有新鮮的武器樣，牆上貼了毛主席的像，掛了毛主席語錄的鏡框畫，寫字枱上擺了毛主席的石膏像，靠牆角的臉盆架子邊，有一塊大鏡子，鏡子上方印有毛主席的最高指示，鏡兩側一邊掛了師長的高倍望遠鏡，一邊掛了師長不常佩帶的五四式手槍。槍盒是牛皮的，發着暗紅的光。而鏡子的最下邊，擺着一張梳妝台，梳妝台上鋪着一層綠玻璃，玻璃上擺了幾瓶那年月罕見的雪花膏、香粉盒和女人們用的剪子、梳子類的日用品。這一切，都不曾超出吳大旺思想的範圍圈。他雖然沒有到過這一號院的二樓上，可他同二號院的公務員一道登過師政委家和這一模樣的蘇式樓，知道師政委和他那在師服務社當會計的家屬住的屋子就是這模樣，儉樸、簡單，處處都透着傳統的光榮和榮耀，使他的下屬和士兵，參觀後就禁不住想向首長致以崇高、革命的禮，禁不住見誰都想向人家介紹首長家的

革命事跡和傳統，想以首長家裏為例證，說明黨的偉大和光榮，證明自己做為一個士兵生活在這樣的時代的幸運和榮耀。

師長家二樓深藏不露的儉樸征服了吳大旺的心。他從那椅子上跳下來，想找一句話向劉蓮表達他由衷的敬意時，想起了他家鄉過年門聯上最常用的話：儉樸之家最光榮，光榮之家最革命；發揚革命傳統，爭取更大光榮。如此等等，還有他在連隊傳統教育時，記住的那些與此相關的警言與名句。比如說，傳統的力量，可以穿越時間的歲月，抵達人類的明天。比如，最感人的最儉樸，最儉樸的最感人。再比如，有一次教導員在社論上唸到的一句話：一旦我們的領導能夠發揚傳統，把延安窰洞的儉樸精神繼承下來，發揚光大，我們的革命事業，就會變得如紅彤彤的太陽一樣，無論照到哪裏，都會出現一片光明，使人類社會永遠沐浴在光明和希望之中。吳大旺被他一瞬間想起的無數美麗的詞語所感動，他想脫口而出說幾句，又覺得這些話似乎在文章中唸着可以，從嘴裏當做日常說出來，就變得有些夾生，有些酸溜溜，如同沒有煮熟的飯，放餿了的湯，弄不好還會讓人說自己有些神經病。尤其在劉蓮面前，這是他第一次走上二樓，第一次在她的臥室感動她的儉樸，第一次想向她表達他對她的崇高的敬意，他不能用那些文章裏統用的大話和套話，他必須要找到屬於他的

最質樸、最淳厚、最感人得和黃金、鑽石樣值錢的話。可是他離開那些牆上寫的、報上登的、書上印的和喇叭裏廣播的話，忽然間就變得腦子裏一片空白，如同一片闊大的廣場上空空蕩蕩得沒有一件擺設樣，使他的臉在一瞬間因找不到一句合適的詞語而脹得痛紅，為雙唇間堆滿了話而沒有一句能夠從嘴裏說將出來而使他的嘴唇急得有些哆嗦。把舊報紙從椅子上取下來，他把椅子擺到寫字枱的正下面，穿上鞋，直起腰，臉上的汗急得泉水叮咚地朝着地上落。

他聽到了他的汗落在地上，像房檐上的滴水砸在一丈多高的地面的瓦片上，一滴接一滴，砰砰啪啪響，就在這當兒，他終於咚的一下憋出了一句話──

劉阿姨，沒事了吧？沒事我就下樓了。

她卻有些不悅地說，別叫我阿姨，好像我有多老樣。

他憨憨地笑了笑，想抬頭去看她卻又順口說，阿姨叫着親。

她沒笑，一臉的正經與嚴肅，溫和與緊張，對他說出了一句意味深長的話。她說小吳，以後當着首長和別人的面你可以叫我阿姨，沒有人了你可以叫我姐。

她的聲音柔軟、親熱，像一個社會經驗豐富的母親在交待自己那即將參加革命工作的兒子走向工作崗位時的注意事項，又像一個真的姐姐在弟弟做錯了事情後所給予的

關心和批評。吳大旺有些意外地感動，極想就在這個時候叫她一聲劉蓮姐，以不失時機的聰敏，把這種姐弟關係確立下來，寫入他們生命的史冊。可是說到底，劉蓮是師長的夫人，而自己只是師長家的炊事員兼着的公務員，公務員兼着炊事員。等級像長城樣橫亙在他們之間，差別如大都會的摩天大樓和小山村的茅房小屋，使得他縱有天大的能耐，就是能全部把毛主席的書一字不拉地背下來，一分鐘內能燒出十個色香味俱佳的湯、菜來，他也還是叫不出劉蓮姐姐那幾個字。

他的嘴唇不再哆嗦了，不知什麼時候變得有些僵，有些燙，像冷丁兒喝了一口熱湯燒着了嘴。他沒有把姐姐二字喚出口。他沒有喚出口的膽量和勇氣。他只能對自己的膽怯和懦弱，懷着深切的痛恨和蔑視，又以感恩戴德的真誠與純樸，抬頭去看着師長的妻子，他的劉蓮姐，以期從自己的目光中，傳達出他對她的感激和敬愛。

他就緩緩地抬起了頭。

隨着來自內心深處的一聲轟鳴，他的眼前便如閃過了一道彩虹，使他一下子不敢相信，他看到的彩虹，就是師長的妻子，是他的劉蓮姐。

燈光亮如白晝。

屋子裏靜得能聽出光線觸碰物體的響動。外面樓下的營院裏，遊動哨走動的腳步，輕微而清晰，宛若一個人在

遙遠的曠野吟誦毛主席的詩詞《憶秦娥・婁山關》。在這樣的場景中吳大旺把頭沒有預設地扭過來，這一扭，他就呆住了。

呆若木雞樣不知所措了。

他看見劉蓮把那本書放在了床頭上，身上竟單單穿了一套紅藍起花的綢睡裙。因為是睡裙，就寬寬大大，鬆鬆垮垮，像隨時會從她身上掉下來。他模糊記得，上樓時沒有發現她是穿着綢睡裙，因為沒有燈，黃昏在屋裏彌漫着，因此他就堅信劉蓮的睡裙早就穿在身上了，是他一時沒有從昏暗中偵破發現或看見。現在，燈亮了，他扭過了頭，當然也就看見了，發現了。不消說，單是劉蓮穿了睡裙，她也不會如一道彩虹樣出現在他面前。畢竟，他也是結過婚的老班長，是警務連少有的真正見過女人的人，而且他的媳婦還是公社幹部家的獨生女，是山區鄉村裏的幹部子女呢。之所以像有一道彩虹從他面前閃過去，是因為緣於天氣炎熱的理由，不知什麼時候劉蓮把擺在床頭的座式搖頭電扇打開了，那電扇搖頭晃腦，每次把風送過來，就把劉蓮的裙擺掀開來，把風從她的下身吹進去，又從她脖子下的裙口吹出來。那裙擺的開口少說有着一尺五寸長，每次風把裙擺掀起時，她的大腿就赤裸裸顯山露水地一股腦兒露出來，又白嫩，又修長，還又精赤條條，顯着許多一動一彈的大腿上的肉。實事求是地說，這是吳大旺

憑生第一次見到女人穿睡裙，果真是有一股誘人的桂花白的女人的香味，從那裙下徐徐地飄出來，在屋子裏緩緩地彌漫着，堆砌着，不僅就擠壓得他脖子發緊，呼吸困難，而且擠逼得他手心冒汗，十指多餘，多餘得沒地方擱放，只能無力地垂吊在兩腿邊。因為多餘，手就有些顫，汗從手心控制不住地漫在雙手上流。他只往她身上瞟了一眼睛，眼前便有了一道彩虹閃過去，眼珠像是燃了火，眼球被燒得灼痛焦疼了。可在他要迅疾地把目光移開時，卻又看到因為風要從她的胸口走出來，就不得不把她睡裙的胸口鼓脹開。在那鼓脹的胸口處，他的眼角在失去警惕時，不慎就看到她的乳房兒，又白又大，圓得如圓規畫過樣，滿鼓蕩蕩，如同他發麵最好、火候最佳時為師長蒸出的師長最愛吃的又暄又虛的白蒸饃。師長是南方人，劉蓮也是南方人，他們都把蒸饃叫饅頭。吳大旺看見劉蓮露出的大半個乳房，他就迅疾地想到了他蒸的又大又暄的饅頭了，手上就有了些伸手想抓的衝動了。可是呢，他畢竟是一個在家裏受過中學教育的人，在部隊又成了有理想的人，爭取崇高的人，受師長和組織器重和信賴的人，立志為共產主義奮鬥終身的人；畢竟像記得自己姓什名誰樣，他牢牢地記住自己僅僅是個師長家的公務員兼的炊事員，而不是師長的兒子或侄子，不是劉蓮的弟弟或表弟。他知道他該做什麼事，該說什麼話，不該做什麼或者不該說什麼。理

智像接連不斷的冰雹樣一下砸在了他頭上，化成冰涼的雨水落進了他滾熱發燙的心田裏。這是師長家的二樓臥室屋，他的妻子在臥室裏穿什麼衣裳，露哪兒不露哪兒都是本該的事，自己的媳婦才和自己結婚一個月，不還在洞房裏單穿個褲衩，露着雙奶走來走去，像走在街上一樣隨隨便便嗎？女人在男人面前，沒有不崇高的靈魂；男人在女人面前，只有不健康的思想。吳大旺在轉眼之間，以革命的優秀而光輝的理性，克制了資產階級非理性的荒唐邪念，拯救了自己差一點走入懸崖的靈魂。他貌似平靜地把目光從劉蓮身上一滑而過，就像鷹的目光從沒有什麼新奇的水面滑過一樣，將目光落在她翻過的那本《毛澤東選集》上，說，阿姨，沒事了吧？

劉蓮臉上又一次有了不悅，她一下把他盯着的那本選集拿起來扔到一邊後，冷冷地問，小吳，你在首長家裏工作，最重要的要記住什麼？

他說，不該說的不說，不該做的不做。

她問，宗旨是什麼？

他說，為首長和首長的家人服務，就是為人民服務。

蠻聰明嘛。她鬆馳下來自己臉上因不悅而繃緊的皮膚，把被風吹起的睡裙撩過來蓋在大腿上，像真的一個大姐那樣對他說，你知道我比你大幾歲？

他說，不知道。

我只比你大五歲，她說，你說你是該叫我姐還是叫阿姨？並不等他回答，她又順手拿起床頭的一塊方巾遞給他，說擦擦汗，我吃不了你，既然把我當成你們師長的老婆看，那你就得像回答師長的提問一樣回答我的話。

他就用她遞的方巾擦了一把汗。

她說，你結婚了？

他說，啊。

她說，哪一年？

他說，三年前。

她說，有孩子了？

他說，前年生的。三個月前我回家時，你不是還給我家孩子買過小衣裳，你忘了？阿姨。

她停頓了一會兒，像喉嚨突然噎了一樣東西，片刻之後接着說，現在你別叫我阿姨。我是你姐，是你姐在問你話兒呢。

他重又抬頭看着她。

她說，你最大的理想是什麼？

他說，實現共產主義，為共產主義事業奮鬥終身。

她暖冷冷地笑一下，那笑像一塊碳火上薄薄包了一層冰。然後，她板着面孔又重複着強調了那句話，說我是你姐，我問你什麼你都得給我說實話。

他說，嗯。

她說，你最大的理想是什麼？

他說，提幹。把老婆、孩子的戶口都隨軍帶到城市裏。

她說，喜歡你老婆嗎？

他說，說不上喜歡不喜歡，結婚了，她是你的人了，你就得一輩子為她想着了。

她說，那還是喜歡嘛。

就都寂下來，讓沉默像軍用帳篷樣蓋在屋子裏，蓋在他們頭頂上。風扇一直在對着劉蓮吹。吳大旺熱得汗如雨注，不知是因為天氣，還是因為緊張，他感到汗水從頭上流進眼裏時，又蜇又澀，像鹽水進了眼睛裏。他知道她在目不轉睛地盯着他的臉，而他只敢盯着她床上鋪的水色的綠單子和掛在半空的紗紋帳。時間像老牛拉破車樣慢慢走過去，到了實在煎熬不過了，他就試着說，阿姨，還問啥？

她冷着他的臉，說不問了。

他說，那我、下樓吧？

她說，下去吧。

可在他要轉身下樓時，剛到屋門口，她又叫住了他，問了一句莫名其妙的話。

她說，實話對我說，你每天睡覺洗澡嗎？

他回頭不解地看着她，說洗。說在新兵連時我們指導員是南方人，誰不洗澡他就不讓上床睡。

她説，是每天都洗嗎？

他説，天天洗。

她説，你走吧。記住那塊為人民服務的牌子不在飯桌上了，就是我叫你到二樓有事了。

他便從二樓逃似地下到一樓裏。到一樓做的第一件事是到廚房擰開水龍頭，嘩嘩地洗了一遍滿頭大汗的臉。

第二章

　　現在，就眼下，那塊為人民服務的木牌又不在飯桌上。它跑到了廚房的灶台上。因為落日之前他是在師長家的樓後菜地澆着水，侍弄那些青菜、蘿蔔和正在季節的韭菜棵。去樓後菜地裏，回來可以繞道走前院，也可以從廚房的偏門走捷徑。廚房是他工作的中心，他去菜地時總是從廚房的偏門走，所以那木牌就從飯廳跑到了廚房等着他。

　　和幾天前一樣，盛夏的落日，在豫東平原上烈火炎炎，宛若西邊地平線上正有着無邊無際的血災火光、紅色海洋。而營院這裏，士兵們都在飯後的操場上、馬路邊和各個連隊門前的空地上，進行着反帝防修的各樣訓練科目，和以重新修造上層建築為中心、鞏固社會主義長城為目的的各樣教育活動，如同百花盛開在師部的軍營裏和中原大地的天空下。師首長們所住的幾幢小樓，分兩排散開，共有六座，在營院以北，又單獨被紅磚圍出一個院子來，共用着哨兵和警衛，像人家說的北京城裏的中南海。而這六座小樓，又各有鋼筋圍牆，彼此分開，家家的圍牆上都爬滿了瓜藤綠秧，分用着炊事員兼的公務員，或公務

員兼的炊事員。六座小樓，分住着六個正、副的師級首長。首長們每天開會，都在一個會議室裏共商國家大計，回到家裏，又都幾乎老死不相往來。吳大旺不知道首長們為啥老死不相來往，不知道他們的家屬，為啥兒近朱者赤，也由此及彼地不相往來。也許，這就是首長院裏鄰里的複雜和隱秘所在，是軍營大院中套着的首長小院的神秘而深刻的某種含意。他不管這些，也很少去思考這些，他言行的宗旨，就是為首長家裏服務，就等於是為人民服務。

從菜地推開廚房的偏門時，他手裏拿了一把小青菜，以備明早炒炒給師長的妻子劉蓮吃。她飯間愛吃小青菜，說青菜中有充足的維生素，飯後愛磕幾個松籽兒，說松籽裏有人體最需要的植物油。可是他拿着青菜進了廚房時，在他看見為人民服務的牌子出現在灶台上之後，他木呆呆地怔在那，手裏的小青菜竟慢慢地滑下來，一棵棵地落在了腳邊上。

他預感到了有件事情將要發生，就像一根導火索被點燃後而無法熄滅。愛情像烈性炸藥正在等着他，如同一顆地雷已經埋在了他的腳下邊。而問題，並不是出在他預見的那顆地雷上，而是出在他明明知道腳下的路上有地雷，而又必須從面前的道上踩着地雷走過去。從身後的門裏望出去，樓後的一片菜地裏，有幾隻晚歸的麻雀在飛來飛去，吱喳聲歡樂一片，鬧得他心裏亂亂糟糟，如同那由他

經營管理的師長家的堆滿了雜物的庫房。他不知道他如何才能繞着地雷走過去，只知道明知前面有雷也要走過去。而更為糟糕的，令他痛心疾首、無可饒恕的，是他明明知道踩上地雷後便會身敗名裂，粉身碎骨，而在他的內心深處，在來自骨髓的某一隱秘的不可顯露告人的地方，會不時地產生一種鼓勵他踩雷的渴念和莽撞，會產生出一絲明知山有虎，偏向虎山行的野蠻和勇氣。他為這一絲勇氣而擔憂，又為這一絲勇氣而興奮。有些害怕，又有些想念，像賊對偷的膽怯和渴望。他就那麼木然地立在廚房中間，盯着那為人民服務的木牌，惘然而暗含喜悅地一動不動，而從他腦子裏走過的，卻都是他和他的媳婦獨自呆在一起終於渡過愚昧和羞澀之後的那些半是黑暗、半是寒冷的性愛的場景和生活，是那種被人生和日子逼迫淹沒得枯乾了的婚姻與愛情。

　　而這只有鄉間才有的枯乾冰寒的愛情，實質上正是後來他和劉蓮火一樣的情愛的鋪墊，也是他和劉蓮的愛情大戲開始的鈴聲和預告。

　　時間分分秒秒的悄然而過，門外的落日，也從血紅轉為了一抹淡紅，菜地裏歡騰的麻雀，已經不知飛到了哪裏。有一隻扁擔形的螞蚱，居然經過千山萬水，從菜地越過廚房的門檻，跳到了他的腳邊。廚房屋裏，滿是濕熱的菜青氣息和黃昏特有悶脹的熱汗味道。還有那隻螞蚱身上

的草腥，半青半白地混在廚房的味道裏，像一股細水，青青白白地從一片渾濁裏流過去。把目光從那塊木牌上移開來，他看見螞蚱爬行着，費盡九牛二虎之力，登上了他落在地上的青菜葉子上。在他正想彎腰去拾起青菜、把螞蚱弄開時，一扭頭，他冷丁兒看見劉蓮站在了通往飯廳的廚房門口兒，身上仍然穿着那件肥大、涼爽的睡衣，手裏拿着一把紙扇，整個人兒，在那睡衣裏，就像蠟製的一樣僵硬着，僵僵硬硬直立着。

吳大旺順口叫了一聲劉阿姨。

她沒有理他，臉上的青色，像一瞬間染上去的濃重的染料。

他說，我剛回來，還沒顧上上樓呢。

她說，我知道你回來半天了，最少在這站了有十分鐘。然後，就氣鼓鼓地拿那塊木牌，在灶台上嚴重警告地敲一下，猛地轉過身子，風旋着穿過飯廳，到客廳上了樓去。腳上穿的那時盛行於城市裏的上好人家的女人、女兒才穿的軟塑料拖鞋，像泡桐木板敲在軟石面上樣。從那空洞響亮的聲音裏，吳大旺聽出了她的生氣，宛若冬天時刮在平原上的寒風。他身上哆嗦一下，驚恐立馬如電樣傳遍了他的全身。沒有二話，他忙不迭兒彎腰拾起地上的青菜，放進水池，匆匆地洗了手上的泥土，跟腳兒到了樓上，立在劉蓮臥室的門口，像做了錯事的孩子，又像來找

首長認錯的新兵，半低着頭，把手垂在印了紅星和八一字樣的白色汗褂前面，他輕輕地叫了一聲姐。

叫完之後，他震驚自己竟在不自覺中叫了她一聲姐，像毫無發現，自己竟幹了一件驚世之大事。當發現自己幹了大事時，他就自己又為自己的不知不覺而驚異，為不知道不覺間爆發出的才能而驚異。她背對着門口，坐在那老式梳妝台的前面，鏡子裏的那張短髮下的臉上，有些微的抽搐和青色，可依然是好看的瓜形，依然是白皙裏透着熟紅，姣好在那臉上顯露無遺，就像滿月不能被浮雲遮住一樣。吳大旺開始並沒有發現他叫了她一聲姐，是在門口看見鏡子裏的劉蓮的臉上，忽然間青色褪去，紅潤上來，一如一圓紅日從鏡中升起時，她彷彿被他的這一叫聲從夢中驚醒，微微一怔，肩頭上的渾圓哆嗦一下，如誰突然動了一下擺在半空的兩個碩大的蘋果。然後，他看見她從凳上徐徐地轉過身子，就靈醒到自己剛才在上唇下唇的一碰之間，他叫了她一聲姐，那一聲意味深遠，預示着未來的深刻和溫暖的姐。

這輕細熱暖的一聲姐，推翻了他們之間橫亙的長城和山脈，平原那頭的一粒火種被他拿到了平原這頭的一堆柴邊。這時候的吳大旺，還沒有想到他的叫聲，無異於在那兒久等的一把鐵鎖，終於等到了開啟的鑰匙。愛情的門扉

將在這時豁然洞開，如同城池的大門，洞開在高舉着的歡呼的臂下。

劉蓮從凳上慢慢地站了起來，她臉上彤紅的光色，照亮了這個窗戶前爬滿青藤的樓屋。

吳大旺抬頭瞟她一下，把頭扭到了一邊。

她說，你洗沒有？

他說，洗啥？

她說，你有一身汗味。

他看了看自己的汗褂和有一圈白鹼的軍褲，想起了上次她問自己是不是每天都洗一次澡的話，想起聽政委家的公務員說的師長不洗澡，她就不讓他上床的話，開始為自己竟然把菜地的汗味帶到樓上而感到不安。他不好意思地盯着自己褲上的汗鹼和鞋上的土粒，說我慌慌張張上來了，忘了洗洗汗臭了。這樣說着，如道歉檢查一般，又在道歉檢查中用目光詢問着一定要讓他洗洗汗味幹啥兒的不解。她也是從他的目光和道歉中聽出了意味來，可卻立在鏡前不動彈，臉上漾蕩着粉淡的笑容與紅潤，背倚着梳妝台的邊沿兒，靜靜地望他一會，說下去吧，把那塊木牌還放到飯桌上，把院門關一下，洗個全身澡，洗完澡再到樓上來。

他就只好半是期冀、半是懵懂地下樓了，到樓梯中央還聽到她在樓上說洗澡時多用香皂打兩遍的交待的話，熱滾滾如女人的手撫摸在他的耳朵上。

也就洗了澡。

一樓的廁所裏，師裏特意給首長家裝了淋浴頭，吳大旺每次因種菜弄得滿身大汗後，他都在樓梯後的廁所裏沖一次澡。可往常，他也就了了草草沖一遍，而這次，他遵着她那溫熱舒適的囑吩，首先在身上用肥皂洗了一遍，又用香皂洗了兩遍。肥皂是為了去污，香皂是為了留香。他洗得迅速而快捷，仔細而認真，連腳趾縫裏和他身上那男人的隱處，都享受到了他的熱情和細緻。

在時過境遷之後，歲月如同細密的篩子和濾器，將他洗澡的場景與細節經過認真的遴選和分辨，我們可以大膽地判斷說，吳大旺與劉蓮的愛情與陰謀，從一開始，他就是一個合謀者。最起碼也是一個順手推舟的合作者。可是，那個時候吳大旺沒有意識到他是合作者，也是合謀者。洗澡的時候，他雙手哆嗦，胸內狂跳，如同有一匹飛奔的驚馬要從他的胸膛飛出來。手裏的肥皂和香皂，有幾次從他發抖的手中滑下來，以至於之後的許多天，劉蓮還摸着他的頭髮說，笨豬兒，那時候你連頭上的香皂沫兒都沒有洗乾淨。

他是沒有洗淨香皂沫兒，就穿上衣服，哆嗦着雙腿上了樓。他的衣服都放在連隊裏，在師長家廚房的一格櫃

子裏，只有他應急換的襯衣和內褲。襯衣是白色的綿布，襯褲是土黃色洋織布，換衣服時他還把左腿穿到了右邊的褲腿裏。他不知道他這樣匆忙慌亂到底為什麼，只感到有股血液直往他的頭上湧。冥冥中他明白劉蓮正在樓上等着他，正如一個陷井等着他去踩，可是他控制不了他要踏進陷井的慾望和想念。她白皙的皮膚如同麵粉樣召喚着一個饑餓的乞丐，而她瓜形紅潤的臉，則如透熟的香瓜，在召喚一管焦乾的喉嚨和一雙焦渴的手。似乎在洗澡的時候裏，他就已經聞到了那來自樓上的她肌膚深處桂白的香，那種甘願被誘的燃燒的慾望和赴湯蹈火的莽撞，已經轉化成為了愛情而甘願付出生命的勇氣，在那時早已攻佔了他內心中那本就脆軟的全部陣地與堡壘。那一刻，他只想穿好衣服立馬衝到樓上去，去看看她到底要他幹什麼，弄明白那為人民服務的木牌之後的暗含和隱藏。他就像一個孩子發現了一個神秘的洞穴，急於到那洞穴中探個究竟樣，想要到那樓上去，推開她的臥室門，弄出一個究竟和明白。

他是邊穿衣服邊往樓上爬去的，直到上了樓梯還沒有把衣扣全部扣起來。窗外的世界已經全部黑下來，透過二樓的窗口，能看到一排排營房裏的燈光，都在一窗窗泄着節約用電的昏黃和乳白。偶而能聽見操場上加班夜訓的士兵的口令，像從彈弓飛出的石子，經過遠行後無力地碰落在師長家的窗櫺上。今天，已經無法描述那時他爬上樓

梯時的緊張和不安，歲月掩蓋的激情，只留下了灰塵掩映的時間。他急不可耐地到她屋門的口兒時，那來自屋裏的綿軟熱燙的腳步聲，那個時候適時地從那雕花的門縫擠出來，凝止在了門後邊，完全如他所期望的一樣把他擊中了，使他的大腦一下全都空白了。

不消說，她就在那門後等着他。

他咚的一下在那門口站住了。

這時候，他發現自己的襯衣扣錯了一粒扣，慌忙解開來，重又扣一遍，再把衣角拉了拉，把褲子整一整，努力讓心跳緩了緩，然後就直直地立到了那扇雕花的門口兒。待一切都從慌亂中平息下來後，如同要開始一場偉大的演出般，他清了一下嗓，仍然一如往日樣，在那門前叫出了堂而皇之的兩個字 —— 報告。

可他已經聽出來他喚的報告不再氣充丹田，短促有力，而是虛弱沙啞，來自雙唇的猶豫之間，有着許多的柔軟和曖昧的味，如日常間親昵的喂、哎沒有啥差別。喚了報告後，他同往常樣在等着從屋裏傳出進來或進來吧的幾個字，可是這一回，沒有進來或進來吧的回音兒，只有劉蓮從門後悄悄走回床邊的腳步聲和她坐在床沿上如他站在屋外清着嗓子一模一樣的乾桃焦菊般碎裂的咳嗽聲。

這乾咳就是回應，就是召喚。

他雖然明白她的咳聲正是他期待的回應，可為了保險期間，他還是爬在門縫朝裏說，我洗完澡了，姐，你有啥事啊？

這時，屋裏回話了，說小吳，你進來吧。

事情的一切，就這麼簡單和籠統，似乎省略了太多的過程和細節。而事實上，這椿情愛故事的發生和結束，也就這麼簡單和直接，缺少許多應有的過程和細節。而細節並不總是有力和偉大，有時候，省略會更加有力和確鑿，更加能推動事物的發展和變化。就如故事中的現在，吳大旺在省略中推門進去了，這他才發現屋裏原來沒有開燈，從窗裏泄進來的夜色，只能把窗下的一塊映襯出一片更加神秘的模糊來，其餘屋裏別的地方，黑色濃重，伸手不見五指，一如他入伍前在鄉間的深夜，曾經無數次遇到的最深的胡同和最深的井。立在屋子裏，吳大旺像突然從強光的下面跌入了一個地窨裏。就在那神秘的黑暗中，他被黑暗吸引着，顫着嗓子，求救般試探着叫出了那三個深含魅力和魔力的字。

——劉蓮姐。

——你把屋門關一下。

他聽出了她的聲音源自屋角床邊的方向，他想她不是坐在床邊上，就是坐在桌前的椅子上，便依着經驗，將

屋門關上了。然後，他聽見她又說了一聲過來吧，他就被她的話牽着一樣朝前走了走。待快到床前時，又聽見床上有了哼吱一下的響動聲。這一響，他聽出來她既不在床邊上，也不在桌前的椅子上，而是躺在床中央。本來說，在眼下的情愛場景裏，躺在床中央和坐在床邊上，並無根本性質的差別和異樣。但在這一刻，當吳大旺意識到她不是坐在床邊，而是躺在床的中央時，他立在屋子中央不動了。沒人能夠知道這時候的吳大旺，腦子裏是如何的紛亂和複雜，沒人能夠記錄這時候他的腦裏都想了什麼，映像什麼，思考了什麼。黑暗中，他像一株淋在雨中的柱，木木呆呆，渾身是汗，忽然間只想推開窗子，打開屋門，讓外邊的夜風吹進來。他聽見了她的呼吸，光光滑滑，像抽進抽出的絲，而自己的呼吸聲，則乾乾澀澀，又粗又重，像小時候在家燒火做飯，不斷送進灶堂的柴草和樹枝。故事到這兒，已經到了爬坡登頂的境地，如同燒煤的機車，爬到山腰時，每前進一步都必須往道軌上撒些沙子一樣難。當然，前進一步，肯定會陽光燦爛，光明一片，愛情會如霞光樣照亮一切。可吳大旺這個當兒，他卻立在黑暗裏一動不動，任憑汗水從他的頭上淋滴而下，除了拿手去臉上擦了兩把汗珠外，其餘的分秒裏，就只有了急促的呼吸和不安，彷彿一個幼稚而缺少經驗的竊賊，登堂入室後發現屋裏有人，屋外也有人，從而使自己進退維谷，身

處兩難。吳大旺不知道自己為什麼在感到她是一絲不掛地躺在床上時，會突然變得坐臥不寧，急促不安。而渴望她是一絲不掛地躺在床上，這是他洗澡和上樓前那一刻最深刻、隱秘的慾念，如同乾柴對烈火盼望，烈火對大風的企求，然而，真的到了這一步，他卻被莫名的膽怯沉重地拽住了他慾望的腳步。

他們愛情的快車，受到了他心理的阻攔。一個既將來臨的情愛高潮，還沒有開始，就已經臨近了結束。時間分分秒秒地過去。黑暗在屋子裏鋪天蓋地，如同烈火在屋裏熊熊燃燒。四海翻騰雲水怒，五洲震盪風雷激。吳大旺從臉上擦第三把汗水時，他聽見她在床上對他關切、溫柔的問候，像他口乾舌燥時，她口對口地往他嘴裏餵的一口水。

她說，小吳，你怎麼了？

他說，劉姐，你把燈開開。

她說，不開吧，我怕光。

他說，開開吧，我有話跟你說。

她就在黑暗中沉默着不言不動，像因為思考而不能弄出一點響音、一點光明樣。吳大旺聽見了自己的呼吸從半空落在地上的聲音，看見了她的呼吸在床上遊動的物狀，感到慌悶即便不在一瞬間把他憋死過去，也會讓他在休克中倒將下去，為了拯救自己，他又稍稍提高嗓門説——劉姐，你還是把燈開開吧。

而她，在這時做出了最有力、有利的選擇——不言不動。

　　僵持如弓樣拉開在了他們中間的黑暗裏，時間在黑暗中膨脹和發酵。待僵持到了不能再僵持下去時，吳大旺說了句這時最為不該說的一句話。

　　他說劉姐，你不開燈我就走了呢。

　　然後，他就果真愚蠢地往後退了一步兒。

　　這一退，她就忽地從床上暴風驟雨地坐起來了，去床頭摸着開關的繩兒，把燈打開了。

　　如同三天前一樣，咚地一下，屋子裏從黑暗轉入了光明。

　　如同三天前一樣，燈一亮，他的眼前迅疾地滑過一道閃電，眼珠便被那道閃電燒得生硬而灼疼。一切都是三天前的重演和發展，是三天前開始的情愛故事的一次高潮和迭蕩。儘管一切都在他的想料之中，在他的渴求之中，然果真這一幕出現時，他還是有些深感意外、措手不及和慌亂不安。

　　她就坐在床頭的中間，果然一絲不掛，渾身赤裸，如同玉雕一樣凝在打開的蚊帳裏，僅僅用紅色毛毯的一角，從大腿上扯過來，敷衍地蓋在她的兩腿之間。出乎意料之外的是，當劉蓮這時完全赤裸在光明和一個男人的面前時，她女人的尊嚴和自己是師長夫人的氣勢，卻又完整無

缺的回到了她的臉上。她就那麼赤赤裸裸的面對着他，在那個年代，吳大旺從未聽過、見過，她卻開始用了的緋紅乳罩，被她卸下來掛在床頭，像一雙目光灼紅的眼睛在那兒目不斜視地盯着他。還有她那完全聳挺着的雙乳，如同一對因發怒而高昂的雪白的兔頭，兀現在一片白雲中間，怒而挺立，歸然不動，肅靜而冷漠。她的頭髮披在她白裏泛青的肩膀上，因為絲毫不動的緣由，那頭髮就如了一束一束微細的黑色鋼絲，冷漠生硬在半空的燈光裏。她的臉色依然地白皙和細潤，可那細潤白皙裏，和她的肩頭一樣，泛着淡淡的青色。不消說，她已經先自從無可遏止的愛情的激越中掙脫出來，使她掙脫的力量，並不僅僅是那驅散黑暗的燈光，還有他那竟敢在她面前無動於衷冷漠的堅持和固執。他忘了他是她家公務員兼着的炊事員，她是這房子的主人、師長的夫人了。忘了那為師長和師長的家人服務就是為人民服務的宗旨了。在熾白的燈光下，她一動不動的赤裸着，面對着他，像一尊晶瑩的玉雕，身上、臉上冰清玉潔的氣色是那樣純潔和高尚，光明和磊落。相比之下，反倒使他顯出了卑鎖和恥辱，淫蕩與下流。在這段不長亦不短的時間裏，一種居高臨下的威嚴，接連不斷地從她利刃的目光和譏嘲上翹的嘴角，冰冷的泉水樣噴下來，使悶然的屋子一下變得冷起來。

吳大旺臉上的汗在一瞬間落掉了。

當借着燈光，他看到她目光中暗含的青青綠綠時，他的汗就豁然落去了。一切都從熾然的情愛中退潮了，回到原處了。她雖然一絲不掛，可她仍然是師長的妻子。他雖有穿有戴，可他依然是師長家的炊事員兼着的公務員。

她就那麼逼視着他，聲音很輕地說，說吧，有話說你就說說吧。

他就把頭勾下去，默了一會，用蟲鳴一樣的聲音輕輕地說，劉姐，我怕呀。她說，怕誰？

他說，怕師長；還怕黨組織。

她冷冷笑了笑，說就是不怕我，是吧？

然後，他就慢緩緩地抬起了頭，想要再仔細看她時，卻看見她不言不語地盯着他看了一陣子，像審視一件器物樣，終於發現那器物並不是她原來想要的那一件，有些兒洩氣，也有些遺憾，歎下一口長氣，扭頭拿起床頭的睡裙，慢慢地穿了起來。漸漸地，如同關門一樣，她的裸白也就在他眼前消失了。他始終都在小心地看着她，聽見從她抬起的胳膊彎兒間，送出的最後一句話，是出乎意料之外、和她的身份極為不符的從未自她嘴裏說出過的一句準確而粗俗的鄉野之語。

她說，真沒想到你這吳大旺，原來是個爛泥巴扶不上牆的人。

第 三 章

　　以後的事情，多半超出了愛情的軌道，被納入了軍事的原則。

　　令吳大旺更加意料之外的是，那天晚上，他從師長家裏回來，內心裏懷着深刻的矛盾和忐忑，一路上都為無法判斷自己的行為是對是錯而困惑。從師長家裏到警衛連的宿舍，路上要走一里多，中間經過師部的大操場。因為熄燈號已經響過，多數連隊都已閉燈休息，大操場上開始顯得平靜而寂寞。盛夏的七月，月光適時地從天空泄下來，把偌大的操場，照得如一湖碧綠的水。夜風開始從操場的東邊吹過來，把一天的燥熱拂了去。有些膽大妄為的老兵，他們在連隊安靜之後，不知從哪兒鑽了出來，三三兩兩，團團夥夥，竟聚在操場的角上尋求生活的趣味，說說笑笑，飲酒唱歌。酒是白酒，壯烈豪邁，老遠都能聞到那毒辣的酒香。歌是革命歌曲，也壯烈豪邁，毒辣異常，聽了就讓人身上有血液狂奔的感覺。

　　吳大旺沒有回到連隊。他毫無睡意，繞過那些喝酒的老兵，到大操場空蕩無人的南端，獨自坐了下來。月光

下，他貌似在那深刻地思考，在探究愛、性慾與革命和生存的正義，及成長的道德與利益的準則，還有等級與職責，人性與本能的一些極其深奧複雜的問題，而實則上，是這些問題都如模糊不清的一團骯髒的污雲從他腦裏一溜而過，如同烏雲飄然而失，最後留下來的就只有兩樣東西，一是劉蓮那白皙的皮膚和誘人的身體，二是如果他真的和她有了那樣關係，師長發現了會有什麼結果。一切複雜的問題，經過意識地梳理，經過頭腦簡單而又大刀闊斧的砍削，最主要的就水落石出，兀顯出來，主要矛盾也就被吳大旺準確地抓住。前者使他感到甜蜜，使他想入非非，忘乎所以；後者使他恐懼和膽怯，如同刑場在他人生未來中對他的等待。師長是在戰場上打死過許多人的人，誰都知道在解放戰爭中，他不僅一槍面對面地把一個敵人腦殼活活地揭了下來，還用腳掌在那腦殼上踩著擰了幾下腳尖兒。想到用腳在那紅血腦殼上擰著的場景時，吳大旺打了個冷顫，在瞬間就從猶豫中掙脫出來，就決定死也不能和劉蓮有那種關係了，要保持一個革命戰士的本色了。

皮膚白算什麼，他想，我媳婦要不是每天種地，說不定比你還白呢。

長得好有啥兒，我媳婦要穿得和你一樣兒，每天也用雪花膏，說不定比你還漂亮。

聲音好聽有啥呀，我媳婦要生在城市裏，説話的聲音也一樣又細又軟呢。

身上有女人桂白的肌香也沒啥了不得，我媳婦身上有時也有那味兒，只是沒有你洗澡勤，才少了那味了。真的沒啥兒了不得，憑着你的白皮膚，潤臉兒，條身材，細腰兒，挺乳兒、白牙兒，大眼兒、細腿兒和邊走邊扭的豐臀子，難道就能讓我一個革命戰士上勾嗎？師長你也是，身經百戰的革命家，老英雄，高級幹部，咋就找這麼一個女人呢？

吳大旺從地上站將起來了，除了對師長感到無限的不解和遺憾，他已經以一個士兵簡單、簡便的方式，暫且掙脱了一個女人的引誘，進入了軍人的角色，有一股浩然正氣正在他身上流蕩和浮動。他為自己能夠並敢於瞧不起一個全師官兵都説是最好的美人而驕傲，為自己身上的浩然正氣而自豪。可就在他自豪着要離開操場回連隊休息時，指導員鬼使神差樣出現在了他面前——

你在這兒，讓我好找呀。

他借着月色望着指導員的臉——

有事？指導員。

指導員用鼻子冷冷哼一下，大着嗓子説——

沒想到你吳大旺會讓我這麼不放心，會給我闖這麼大的禍，會讓師長的老婆在電話上莫名奇妙地亂發火。説你小吳是壓根不懂為首長家裏服務就是為人民服務那條宗旨

的兵。説劉蓮説，明天説什麼也要把你給換掉，要我再派一個聰明伶俐的新兵送過去。指導員説吳大旺，説説吧，你到底哪兒得罪了師長家裏的。説我們勤務連，你是老班長，是我最放心的黨員和骨幹，每年的立功嘉獎，我都第一個投你的贊成票，可你怎麼會連為人民服務那基本的道理都不懂？

指導員説，説話呀，到底哪兒對不住劉蓮了？

指導員説，啞巴了？看你聰明伶俐的，咋就一轉眼成了熊樣啦？成了連話都説不出來的啞巴呀。

指導員説，革命不是請客吃飯，革命不是繪畫繡花，革命是要流血犧牲。你看全世界的人民還有三分之二都生活在水深火熱之中；你看台灣還在國民黨蔣介石的統治之下，老百姓饑寒交迫，貧病交加，我們中國人民解放軍還任重而道遠。美帝國主義在國際舞台上猖狂叫囂，蘇聯修正主義在邊境陳兵百萬，我們每個軍人，每個士兵都應該站高望遠，胸懷全中國，放眼全世界，腳踏實地，幹好本職工作，為人類的解放事業做出自己應有的努力。可你吳大旺，指導員説，師長不在家，你連劉蓮都侍候不好。説你侍候不好劉蓮，師長在北京開會、學習就可能不安心；師長不安心，那就影響的是全師的工作和學習，戰備和訓練；一個師的戰備訓練上不去，那就影響一個軍的作戰能力；一個軍的作戰能力減弱了，會影響全軍的戰略和佈

署，等第三次世界大戰真的打起來，你看看你吳大旺的一點小事到底影響有多大。那時候槍斃你姓吳的一百次都不夠，連我這指導員都被槍斃也不夠，連把連長拖出去槍斃也不夠。

指導員說，剛才是往大裏說，現在再往小裏說。說吳大旺，你咋會這麼傻兒呱嘰呢？你不是想多幹些年頭把你老婆、孩子隨軍嗎？你不是渴望有一天能提幹當成軍官嗎？隨軍、提幹，那對師長都是一句話。一句話解決了你一輩子的事。可誰能讓師長吐口說出那句話？劉蓮呀。師長的夫人、愛人、妻子、媳婦、老婆呀。

指導員說，回去睡吧，我也不再逼問你怎麼得罪師長的老婆了。劉蓮要求我明天就把你換掉，我也答應明天就把你換掉了。可我輾轉反側，思前想後，覺着還是應該本着治病救人、而不是一棒子把人打死的原則，還是應該再給你一次機會，讓你明天再去師長家裏燒次飯，當一天公務員。明天，師長的老婆要怪罪就讓她怪罪我吧，可你吳大旺——一切都看你明天到師長家裏的表現了。

指導員說，命運在自己手裏，一個優秀的士兵，不能總是讓革命的燈塔去照亮自己的前程，還應該以自己的熱能，讓革命的燈塔更加發光、明亮、照耀千秋和大地。

指導員生來就是一個滔滔不絕者，天才的軍隊思想政治工作的專家。他在一句接着一句，如長江、黃河樣講

着時，吳大旺開始是盯着他的臉，而對劉蓮的憤怒和仇恨在心裏則漸生漸長，進而迅速地根深葉茂，古樹參天。他有幾次都差一點要把劉蓮勾引他上床的資產階級腐化事件講出來，可話到嘴邊不知為什麼又咽回肚裏了。沒有講出來，我們當然敬服吳大旺做為一個軍人和男人，對一個女人尊嚴的尊重和保護，敬服他寧可屈辱在身，也不願讓另一個人受辱的人格和精神。可在另一方面，難道他就沒有不願讓自己的秘密給別人享受的自私嗎？愛情的序幕剛剛拉開，他不能還未登台演出，就把劇情先告訴觀眾，哪怕那觀眾是他的領導指導員，他的入黨介紹人。他一邊聽着指導員的訓斥，一邊想着師長曾經一槍揭下過一個敵人的腦殼，還用腳尖在那腦殼上擰來踩去；又一邊，用自己的右腳，踩着操場上的一叢小草，用前腳掌和五個腳趾有力地在地上擰着轉着。指導員在逼問他哪兒得罪了劉蓮時，指導員問一句，他就用力在地上踩一下，擰一下，心裏想，我這一下踩的是劉蓮的臉；又一擰，說我這擰的劉蓮的嘴和她的紅唇白牙兒；再一下，說踩的是劉蓮那光潔的額門和直挺挺的鼻樑兒。指導員一路的說下去，他一路的踩下去，可當他的腳尖擰着踩着，從頭髮、額門始，快要到了劉蓮挺撥的乳房時，他的腳上沒有力氣了，不自覺地把腳尖從地上的那個深腳窩兒挪開了。

劉蓮乳房的豐滿與彈性，打敗了他腳上野蠻的武力。使得他對她的仇恨，在那一刻顯得極其空洞而毫無意義。

月光已經從頭頂移至西南，平原上的靜謐漫入軍營，如同軍營沉沒在了一湖深水之中。那些喝酒聊天的士兵，不知什麼時候已經散離，各自回了自己的連隊。風像水一樣流着，操場上有細微涓涓的聲響。這時候，吳大旺看見他的右腳下面，有碗一樣的一個腳坑，黃土血淋淋地裸在外面，生土的氣息，在涼爽的空氣中，鮮明而生動。有幾株抓地龍的野草棵，傷痕累累，青骨鱗鱗地散在那個腳窩裏。

月光中，他有些內疚地望着那些野草，把腳挪開後，又用腳尖推着黃土把那腳窩兒填上了。

指導員說，回去睡吧，天不早了，記住我的話，機不可失，時不再來，要是師長家裏真不讓你燒飯了，不讓你兼做師長家的公務員，那你一輩子就完了。

他說謝謝，謝謝你指導員，要不是穿着軍裝，我真想跪下給你磕個頭。

指導員就在他腦殼上拍了一把掌，說這哪是革命軍人說的話，也就回去了。

他就跟在指導員身後回連了，上床睡覺了。

第四章

　　我們知道，故事的進展不僅依賴人物的性格，還依賴於人物背景。吳大旺下一步的所行步驟，正是他走過的人生背景在這個時候起到了槓桿作用。就那麼輕輕一撬，命運的地球就有了新的方向。

　　躺在床上，吳大旺並沒有睡着，湧上來的往事在他的頭腦中盤根錯節，積雲流變，而最終在他腦海中守住陣腳、紮下根來的還是他的婚姻大事。那時候，五、六年前，他已經二十二周歲，在豫西伏牛上山區的那個叫吳家溝的村莊裏日出而做，日落而息。生命就像缺少陽光的野草，或者是缺少春雨的野槐莽柳，哪一天着綠吐芽，泛出淺茵，其實他並不知道。父親因病去世多年，留下他們孤兒寡母，在地處偏僻、又窮山惡水的吳家溝守望歲月，苦度人生。

　　所幸，母親含辛茹苦地支撐着讓他讀完了初中。

　　所幸，因為他初中畢業，也就成了生產隊的會計。

　　所幸，在男大當婚、媒人又多次的無功而返之後，他對婚姻大事已經抱着近乎絕望的態度之時，公社要開一個

搶收搶種會，而恰巧這時候，吳家溝的老生產隊長發燒有病，他就頂缺替隊長去公社參加了會議。在會上，公社的趙會計要找人幫着抄寫與會者名單，要給每個參加會議的生產隊長，每人補發三個饅頭和一塊錢的補貼。

他就去幫着做了抄寫。

晴天一聲霹靂響，萬水千山換容裝。當他把那份名單送到趙會計的辦公室裏時，他的命運在偶然中發生了意外的變化。他不知道，趙會計雖然是會計，雖然老婆孩子都還是農民，可趙會計卻是拿着國家工資的人，編制上也是國家的幹部哩，是在公社經常和公社書記打着交道的人。

趙會計四十五周歲，中等個，大方臉，眉毛稀得和沒有眉毛樣。他坐在一張辦公桌後的靠椅上，吳大旺把名單遞給他，他在名單上瞟一眼，又抬頭看了看吳大旺。

——哪村的？

——吳家溝。

——這麼年輕你就當上生產隊長啦？

——隊長有病了，我是小隊裏的會計，是替隊長來參加會議的。

——會計呀？多大啦？

——二十二。

——初中文化還是高中文化？

——初中。

——有對象沒？

——還沒有。

最後的結局就這樣，趙會計也許是因為自己一輩子當會計，處於職業對職業的欣賞，也許是因為自己是幹部，處於對人才的愛惜，他不斷地看看吳大旺的臉，又不斷看看吳大旺遞給他的名單上的字，最後笑了笑，說你的鋼筆字寫得真不錯，有毛筆字的樣，一筆一畫像摹過柳公權的貼。

正是吳大旺那有幾分端正的鋼筆字，決定了他的人生和命運。搶收和搶種過去了，玉蜀黍苗長到寸高時，有一天，老隊長去鎮上趕集回來後，興沖沖地告訴吳大旺，說公社的趙會計看上了你，要我帶上你到他家裏去一趟。

吳大旺就跟着老隊長往幾十里外的趙村走去了。不消說，為了水到渠成，馬到成功，老隊長讓他換了一件新藍布的制服上衣和一件新黑布的斜紋褲。衣服和褲子雖然都是借同村別人的，可畢竟把他武裝起來了，使他顯得精神、英俊了，使趙會計這次一見面，就決心要把獨生女兒下嫁到吳家溝裏了。

就在趙家那三間出眾的瓦房裏，趙會計說，年底，大旺啊，我托托人，你就當兵去吧。

趙會計說，當兵不光為了讓你長見識，還要你入黨、立功、提幹，要你提幹後把我女兒娥子的戶口辦到城裏去，要蛾子跟上你過上好日子。

一切都沿着預設的人生軌跡，在推進着吳大旺的人生傳記。到年底，他就當兵走了，開始了他人生第二階段的新生活。在解放軍這所大學裏，他的質樸、勤勞、忍耐的美德，被他的下意識轉化成了一個人在軍營中生存與奮鬥的聰明和智慧。強體力的訓練對別人如同災難，可對他，也無非如同搶收搶種一模一樣。單調枯燥的政治學習，往往會成為一些士兵的精神折磨，可他覺得那是農忙後的一種休閑。看看報，學學社論和文件，到飯時不僅饅頭隨便吃，菜裏或多或少還有肉。穿是國家發的衣，蓋是國家發的被，吃是國家下發的糧，生活差不多每天都如他在吳家溝裏過大年。人生到了這樣的境界，他沒有理由不每天比別人起床早些去掃地，沒有理由不每天比別人睡得晚些讀讀社論，記記日記，寫寫心得，再向領導彙報彙報思想。他沒有理由不在星期天裏去訓練，沒有理由不替老兵、班長、排長們洗洗褲頭和襪子。

　　少說話，多做事是吳大旺的處世原則。

　　勤勤懇懇，任勞任怨是吳大旺的行為規範。

　　愛思考、多總結，把聰明用於行動，讓智慧成為木訥，是軍營裏許多老兵的經歷給吳大旺留下的座右銘。

　　總而言之一句話，進而不芒，退則能縮，這句警言雖然吳大旺沒有從他的經歷中明確地總結出來，但他已經在他新兵的實踐中落實得有聲有色。就在這時候，入伍剛剛

一年，吳大旺的命運中出現了一個無底的黑洞。他的母親突然有了肝硬化，在人生的盡頭時，用電報把兒子召回到了吳家溝，老人拉着吳大旺的手説了一句話，説你對娘要真心孝順時，你就讓娘眼看着你把媳婦娶回來，讓娘死後有媳婦披麻帶孝跪在墳前裏哭。

大旺就去了趙會計家。

趙會計想了又想説，你在部隊裏立功了嗎？

他説，還沒有。

趙會計説，也沒入黨了吧？

他説，也沒有。

趙會計説，會提幹嗎？

他説，還難説。

趙會計想了又想，默了又默，最後歎了一口長氣説，大旺啊，不是姓趙的人狠，是人往高處走，水往低處流，誰都想把自己的閨女嫁個好人家，你沒入黨，沒立功，又不能提幹，這樣的沒前程，你咋樣讓我閨女嫁你呀。

這時候，他就朝趙會計跪下了。咚的一聲，像一堵高牆倒了一模樣，跪在趙會計面前鼻涕一把淚一把，説爹呀——趙會計，你就讓我叫你爹吧，這輩子我要不立功，不入黨，不提幹，不把你閨女娥子的戶口隨軍辦到城市裏，給她找一份好工作，讓她過上好日子，我死在部隊也不回到家鄉來。

趙會計依然想了大半天，說你能嗎？

他說我把保證給你寫到白紙上。

也就在一張白紙上寫下了這樣幾句話：

我吳大旺在娶了娥子後，回到部隊將加倍地努力工作，爭取年內立功，來年入黨，三年後提幹。如果我這輩子不能提幹，不能把趙娥子的工作隨軍安排到城市裏，讓她過上每天有饃吃的好日子，我吳大旺死在部隊也不回到家鄉來。若真的回到家鄉來，娥子讓我幹啥我幹啥，讓我給她做牛做馬一輩子，我吳大旺都對她毫無怨言，不言一聲，要是言出一聲，讓我不得好死。

在那保證書上簽了字，化了押，吳大旺便結婚成家了。在娥子成了他媳婦的半月後，他的母親含笑地離開了吳家溝。從此，吳大旺所謂的愛情或婚姻，前程和命運，也就跨步進入了實質的無奈。

回到部隊的那一年，他努力了，別人也努力了，他沒有立功。

第二年，他奮鬥了，別人也奮鬥了，他沒有能入黨。

整整二年的時間，就這樣在恐慌、絕望中，無所收穫地走了過去，每每接到媳婦和岳父的來信，問到他在部隊的工作和進步，他就會有一種絕望的心情，甚至在每年公

佈入黨、立功的名單時，因為自己不在其中，會有一種死的念頭。可就在這死的念頭要在他頭腦裏生根開花時，炊事班裏的班長調走了。誰都知道，炊事班雖然又髒又累，可因為髒累，士兵的進步反倒快，於是，炊事班裏少了一個人，連裏三個排，九個班，有八個老兵想調進炊事班裏去。當然，那些想調進炊事班裏的人，不用驗明正身，都是和吳大旺一樣來自鄉村的人。

那時侯，連長到集訓隊裏學習了，指導員在連隊裏和皇帝一樣當着家，誰進炊事班也就是指導員的一句話。也就這當兒，指導員的老婆來隊了，那七、八個想進炊事班的兵便不停歇地往指導員的宿舍裏跑。這個給指導員的宿舍掃掃地，那個給指導員的老婆洗洗衣，弄得指導員不知該把誰調進炊事班裏去。正在這左右為難時，在一個周末裏，指導員回宿舍一看，自己的兒子騎在吳大旺的脖子上，用手拍着他的頭，像馬鞭抽着馬頭樣在快馬加鞭地叫 —— 再快些！再快些！而這個吳大旺，也果真如狗、如馬樣在那地上瘋了一樣地爬着跑，而且還在地上學着狗叫和馬鳴。

指導員有些惱怒了，一把將兒子從吳大旺的脖子上扯下來，一耳光打在了兒子的臉上去，又對着爬在地上的吳大旺大聲吼，説你是馬是狗啊，專門爬着侍侯別的人。

吳大旺便從地上站起來，拍拍手上、膝蓋上的土，說指導員，我生來就愛侍侯別人哩，侍侯別人就是把為人民服務的理論用於實踐哩。

指導員怔怔地望着他，沉默了好一會，疑疑惑惑問了句，說你真的是這樣理解為人民服務的嗎？

他說，一個人沒有侍侯別人的心，他咋樣去實踐為人民服務的道理呀。

在後來的半月裏，想去炊事班進步的兵，仍然在訓練之餘不是到指導員的宿舍裏打水掃地、替他老婆摘菜剝蔥，就是給指導員的孩子買一把小糖，給他老婆送三斤紅棗，兩斤核桃，而吳大旺除了這些，還愛做的一件事卻是別人都不曾做到的，那就是帶着指導員的兒子到處玩，那兒子想騎馬時他就爬到地上去，想聽狗叫了他就朝天汪汪汪地叫幾聲，讓指導員的兒子日日都高興得臉上掛着笑，半夜的夢話裏還哭着喚着要找他的叔叔吳大旺。

終於，指導員就找吳大旺有了一次決定性的談話。

指導員說，實踐為人民服務最需要的條件是什麼？

吳大旺說，要把侍侯別人當成像侍侯自己一模樣。

指導員說，人活着的意義是什麼？

吳大旺說，在為人民服務的事業中每天都發光，把自己的全部光和熱能都給那些需要服務的人，就像把自己的孝心全部給自己的父母一模樣。

好。指導員說，你回答得很好，又具體，又實在，還飽含覺悟和理想，最能把理論和實踐相結合，只是在遣詞造句上用侍侯和孝順不太對。

然後，在經過認真的篩選、思考後，吳大旺就被正式調進炊事班裏當了副班長，以副代正主持着連隊的飯與水，從此他的前程就發生了微妙的變化，如同航程上的燈塔那熄滅的燈光又有了一些照人的亮色。而在一年半之後，從炊事班調到師長家裏時，吳大旺不僅讓他的副班長成了正班長，而且他也都已經是正式黨員了。在指導員的幫助下，立功、嘉獎也都是平常的事，只是那寫在結婚保證上的提幹，緣於種種的原因，如，不是因為自己某次體檢時血壓高了些，就是上邊的提幹指標總是分不到連隊裏，就被營、團機關的士兵捷足先登佔了去，陰差和陽錯，到頭來吳大旺就總是竹籃打水一場空，四個兜的幹部服總是可望而不可去企及。被調到師長家裏去，毫無疑問是吳大旺提幹的艱辛路程在一瞬之間縮短了一大半，可在他隱隱感到他人生的美夢有可能成為現實時，他沒料到，他生命深處未見過太陽的光源被劉蓮的愛情所點燃。他們錯位的交往，正是這種錯位愛情的亮色的一次猛烈的閃灼和發熱，只是這發熱的閃灼來的有些快，在他的渾然不知中，竟到了燙人燒心的沸點了，使他一時無法適應和接受。這也正如一個人有了煙癮，你沒有給他送來香煙，而

卻送來了一包鴉片，使他一下子從斷煙的饑渴中，又被推入到了過量的深淵。雖然那淵谷中百花盛開，暗香密佈，可真正讓他向谷底中走去，他不可能不做出一些過激的反應和行為。

回到吳大旺和劉蓮的故事中，分析吳大旺在赤裸的劉蓮面前的那些偏於愚笨的言行，也正是他面對鴉片的遲疑和過激。待他醒悟之後，他自然會生出一些懊悔來。事實上，從和指導員一道從操場回到連隊，他和衣躺在床上，輾轉反側，已經為自己在劉蓮面前簡單魯莽的決斷和行為，付出了幾乎是徹夜失眠、通宵未睡的代價。一夜思考的他已經朦朧明白，當水到渠成之時，你不順流而下，反而堵水逆行，其後果將會難以料想，難以彌補。

以今天的經驗去看待那時的生活，會發現那時的生活是浮淺的，並沒有那麼深刻的矛盾和意義。複雜，在許多時候，只在寫作者的筆下，而不在人物的頭腦。喜劇，在更多的時候，呈現的是淺顯，而不是深邃。那一夜，吳大旺在天亮的時候終於淺淺入睡，而且還在淺睡中做了一個美夢。夢中他和劉蓮同床共枕，百般愛撫；醒來之後，他的被子上有了一些污液。為此，他有些羞愧難當，無地自容，便狠狠地用手在自己的大腿上擰了幾下，擰出了幾塊青紫。然後，從床頭取出了一封三天前的家信，趁戰友們都還沒有睡醒，在被窩用手電筒照着，又仔細地看了一

遍。信是老婆寫的，老婆在那信上沒說別的，只說麥割過了，秋莊稼也種上了；說割麥時她不小心割到了手上，流了許多血，現在也都好了；說她割麥鋤地時，沒人帶孩子，就用繩子栓着孩子，把孩子捆在田頭樹下的蔭涼裏，給孩子找幾個瓦片，捉幾個螞蚱讓他玩耍，沒想到孩子把那螞蚱吃到了嘴裏，差一點噎死，連眼珠都噎得流到外邊了。

看到孩子差一點噎死時吳大旺流下了眼淚。而後，沉默片刻，他便收信、起床，毅然地離開還在夢中的連隊，朝師長家裏走去了。沒人知道他這時心裏想了什麼，沒人知道他在一夜間又盤算了什麼。但是，毫無疑問的是，一夜之後，在他看信、收信之時，他心裏又有了吳大旺式的新的設想和計劃。在後邊的故事中，他把計劃付諸行動後，他的行為將從被動轉化為主動。或者說，他在努力讓自己成為生活的主人，故事的主角和愛情的皇帝。把話說得大一些，這裏沒有所謂道德、倫理的鬥爭，只有向命運挑戰的勇氣和力量。指導員昨夜的長談，只是一條道路拐彎的預設和鋪墊，而人生中的許多往事，才是他命運轉動的撬杆，而家信中的寥寥數言，是那轉彎的最直切的依據和基礎。

本來，也就算不上人頭落地的災難，只是劉蓮通知連隊，堅決不要讓他再到師長家裏燒飯去，必須再換一個聰

明伶俐的士兵而已。他想他能把事情處理好，能讓劉蓮滿意的。他有些恨劉蓮，也有些恨自己。是自己把事情搞砸了，是自己敬酒不吃吃罰酒。吃罰酒也就去吃罰酒吧，大不了就是她說怎樣就怎樣，說如何也就如何就是了。更何況，這罰酒不是處懲和辱罵，而是愛情和未來。在他和劉蓮的關係上，這當兒輕濺掩蓋了深刻，或者說，是輕濺替代深刻。事實上，無論是過去，還是現在和未來，有許多問題，簡單總是統治着複雜。簡單往往是皇帝，而複雜才是臣民。把許多複雜的表像剝開來，剩下的就是 1+1=2 樣的簡簡單單的內核和中心。吳大旺再次回到師長的家，正是這種簡單，像英雄再生樣拯救了他的命運。

從沉睡在夢中的連隊走出來，東方微白微紅，一片金色澎湃欲出，營院裏正在鋪散着一天間最初的青光亮色。踩着晨時的光亮，吳大旺正要如往日樣朝師長家裏走去時，卻碰到了去查哨回來的連長。連長睡眼朦朧，可頭腦清醒，在連部門口攔住他，說上班去了？

他嗯了一下，同時敬了一個軍禮，說連長好。

連長還了一個軍禮，欲要走時，想起什麼，冷不丁兒說小吳，我考考你，到首長家裏工作的宗旨是什麼？

他說不該說的不說，不該做的不做。

連長說，不對。

他說為首長家裏服務就是為人民服務。

連長説對了，但聲音太小，再回答一遍。

他就回頭瞄一眼連隊宿舍，提高嗓門，又壓住嗓子，說為首長家裏服務就是為人民服務。連長便有些生氣，死死地盯住他那惘然中有些堅定，堅定中有些惘然的臉，吼着命令道，大聲説。

他便猶豫地回頭望着，説連隊都還睡着哩。

連長説我讓你大聲就大聲，你要能把連隊吵醒我給你一個連嘉獎。然後，連長後退半步，像訓練新兵樣，起頭兒喚道，一、二、三。

吳大旺就果真如新兵一樣，扯着他的嗓子，血淋淋地吼叫到，為首長和首長家裏服務，就是為人民服務。他吼得鏗鏘有力，富有節奏，完全如同士兵們在操場上訓練時齊聲大喚的口號和口令。吼完了，他望着連長，連長滿意地笑笑，説這還差不多，上班去吧，就回宿舍去了。

他莫名其妙地在那站了一會，吳大旺望着連長的背影，直到連長從他的視線中消失，才又往師長家裏走去。身後有被他驚醒的士兵，在扒着門窗朝外張望着，看完了如一切正常樣又回頭去睡了。

第五章

　　首長院裏的首長們，大都已經起床，各自在自家小院裏活動着身子，等待着軍營裏的起床號醒來吹響，就奔赴操場或某個鍛煉身子的路邊營地。吳大旺走進首長小院，和哨兵相互點頭問好，又向一個早起的副師長敬禮問候，從身上取出鑰匙，打開一號院的大鐵門上開的小鐵門，彎腰進去，又把小門扣上，轉身正要從樓下繞道，從樓後走進廚房，準備給劉蓮做她早上最愛喝的蓮子米湯時，沒有想到，往日總是收操號響過之後才會起床的劉蓮，今天在起床號還未響之前，她就起床坐在了樓下院裏，而且是穿了一身她已經將近五年總是疊在櫃裏，很少穿在身上的軍裝。醒紅的領章，如兩塊凝在她齶下的紅旗，映着她那沒有睡足、略顯蒼白的臉，使她顯得有些病態，像剛從醫院出來的一個病人。女軍裝有些肥大，它們和男軍裝一樣，共同的特點是，年輕的穿上它有些顯老，顯老的穿上就顯得年輕；漂亮的穿上顯得使自己落於大眾；醜陋的穿上，又會顯出有幾分漂亮。吳大旺從來沒有看見過劉蓮穿上軍裝的模樣，這天早晨，看見她身着軍裝，坐在院落的門

前，惺松的臉上露出無限的疲倦和勞累，像走在兩萬五千里的長征路上一樣。

沒有想到她會坐在院落裏邊，更沒想到她會着裝整齊，蕭穆莊嚴，吳大旺愣了一下，他慌忙在臉上堆出笑容，說阿姨，你起這麼早啊。

顯然，他的出現，也讓她有些意外。她沒有回答他的問話，只是在他臉上瞟了兩下，半冷半寒地反問他說，你們指導員沒給你說？

他又一次低下頭去，說說了，可我想讓你再給我一次機會，讓我再侍候你一天，如果我再有不周到的地方，不用你給連隊說換我，我自己就會回到連隊去。

說完，他望着她冷若冰霜的臉，發現彷彿在一夜之間，她眼角有了許多細密的皺紋，使她似乎老了一些，像果真是三十幾歲的人樣。當然，三十幾歲，那也是他該叫她姐的年齡，做為一個成熟出眾的漂亮女人，也正好是一個依然使人怦然心動的年齡，更何況她不屬那個年齡，而是那身軍裝使她像了那個年齡。還有睡眠，也許她一夜沒有睡好，也許她壓根兒一夜未睡，怔怔地在院裏坐了個通宵，使她的年齡在相貌上突然增了幾歲。他很想叫她一聲劉姐，說看你累的，快回屋躺下睡吧，可他不敢叫她。他已經在昨夜裏錯失良機，使他們中間可能出現的姐弟關係，和可能超越姐弟的那種情愛關係，像日落西山之後，

一片光明成了一片的黑暗。不敢叫她，就那麼低頭望着她的臉，如同在等着她的判決。

她也就終於做出了判決。

靜靜地看他一會兒，從椅子上起來，劉蓮不冷不熱地說，早上別燒湯了，給我沖兩個雞蛋，你就回連隊去吧。然後，並不等他再求說一句什麼，她就獨自回屋上了樓去，留下的關門聲和腳步聲，像從天空落下的碩大的冰雹，咚咚地砸在他的面前。

一切都和吳大旺想的一樣，一切又都似乎超出了他的想像。起床號響了，嘹亮的號聲，通過擴音器材，從大喇叭中傳將出來，響徹雲霄，把新一天的軍營，送進了新的火熱之中。吳大旺畢竟是有五年軍齡的老兵，畢竟是有豐富的為人民服務經驗的公務員兼炊事員，是連隊裏最有覺悟的政治典型和模範黨員。那種對為人民服務世俗而深刻的理解和多年積累的為人民服務的實踐經驗，現在成為了他戰勝眼前困難和命運的有利武器。等劉蓮的腳步聲響完之後，依着她的吩咐，他很快到廚房燒了一壺開水，在碗裏磕出兩個雞蛋，把蛋清、蛋黃，完全攪成液體的糊狀，放了兩匙白糖，再把滾燙的開水，倒成線狀，讓線水慢慢流進碗裏，用筷子迅速在雞蛋糊裏正反旋轉。不一會，一碗開水浸蛋絲的金黃蛋湯也就成了。因為蛋湯又滾又燙，這當兒，他就智上心來，見縫插針，取來紙筆，爬在廚房

的案上，如寫學習心得樣刷刷地寫出一份檢查，在綱上線上，檢討了自己對為人民服務理解上的錯誤，然後，端上蛋湯，拿着檢討上了樓去。

一切都如了他設想的程序。立在屋子門口，輕敲了兩下屋門，他大膽地試着叫了兩聲劉姐，説蛋湯好了，我給你端了上來。屋裏便有了慵懶而無情的回應，説放在餐廳桌上，你回連隊去吧，讓你們連長和指導員把要換的新兵趕快派來。她的這個回話，讓他深感意外，又似乎全在情理之中。於是，他愣愣神兒，沿着預設的思路繼續説到，劉姐，你真不讓我在師長家裏也行，這蛋湯已經涼了，你讓我最後給你端這一次湯還不行嗎？然後，見她默不作聲，他便推門進了屋裏，看見她坐在床邊，已經把軍裝脫了下來，換了那時盛行的滌良衣服，上是粉紅小領布衫，下是淺藍直筒褲子，一下子人就年輕許多，精神許多，可臉上的那股怨氣也旺了許多。他小心地把蛋湯放在桌上，偷偷瞟了一下她的臉色，説湯不熱了，你趕快喝吧。又把握在手裏的那份檢查遞上，説這是我給你寫的檢查，你看要不夠深刻了，我再寫上一份。

她沒有去接他手裏的檢查，只是冷冷地盯住他説，知道錯了？

他説，知道了，劉姐，你給我一次改的機會吧。

她說，這種事沒有改的機會，你回連隊去吧，我給你們指導員說了，年底你就退伍回家，天天守着你的媳婦過吧。

這幾句話，劉蓮的聲音不高，可話裏透出的冷硬，如同冬天營院裏扔在操場外的一排鐵殼榴彈，一下又一下地砸在了吳大旺的頭上，讓他頭憎眼花，無所適從。原以為，他只要主動把檢查交上，一切矛盾都會化解，像日出東方，照暖了河面的薄冰，冰雪融化是必然的事。可他沒有料到，她的態度是那麼強硬，如同密不透風，水泄不通的銅牆鐵壁。直到這個當兒，他才終於開始重新思考昨天黃昏的那幕場景，她赤身裸體地坐在床上，等待着他也脫下衣服，和她發生床笫之事，並不是師長不在家裏，她心血來潮的一次輕賤，而是她經過深思深慮之後，採取的一次大膽行為。不用說，他因為膽怯而產生的畏拒，不僅傷害了她的情感，而且使她開始對他有了無可挽回的鄙視。現在，吳大旺開始真正對自己昨天表現的所謂浩然的正氣後悔起來。不是後悔失去的男歡女愛，而是後悔失去的歡愛給他帶來的嚴重後果，會使他的剛剛開始充滿希望的人生突然變得徹底地黯淡無光，使坦途上的命運，一下子跌入深谷狹淵。這一刻，沒有誰能理解吳大旺矛盾的內心，沒有人能夠體會光明的命運既將變為一片黑暗給他帶來的

真正的恐懼。他抬頭看着劉蓮，僵在手裏的檢查在半空哆嗦着發響。收操的號聲，從門窗擠進來，水流樣湧滿屋子。號聲過後，重新回來的寂靜，成雙成倍地壓在他的頭上，每斤每兩，都有千斤之餘，這使他感到頭上如同壓了一樁樓房或一段長城，一座山脈。

把頭沉重地勾將下去，他的眼淚像霧水樣蒙在他的眼上，不等那眼淚流落在地，他便咚的一聲，跪在了劉蓮面前，一米七幾那高大的士兵的身軀，這當兒軟弱無力得如一堆泥樣，癱在只有一米六的巧小的劉蓮面前。他的下跪，既讓劉蓮始料不及，也讓他自己始料不及。跪下之後，他知道他必須說些什麼，又不知道該說些什麼，情急之中，在他淚水的逼迫之下，他說出了一句劉蓮和他都感到詞不達意，又彼此心靈神會的話。

他說劉姐，你再給我一次機會，我要不好好地為人民服務，我一出門就撞在汽車上；無論哪個連隊的槍走火，子彈都會打到我頭上。

也許，正是這句話，最後打動了劉蓮的心。也許，是他向她的下跪，把她冷若冰霜的內心軟化成了一團常人的血肉。她沒有立刻說你起來吧那樣的話，而是在床上動動身子，說你咋樣為人民服務？

他說你讓我咋樣我就咋樣兒。

她説我讓你把衣服脱光去大操場跑三圈。

他就抬頭望着她，以證實她是隨口説説，還是當真要對他的真誠加以考驗。他把手裏的檢查放在地板上的膝蓋前，把手放在了軍裝上的衣扣上，那形勢，如同嚴陣以待，箭上弓弦，引而不發，只等着她的一聲令下，就不顧一切地要脱掉軍裝在軍營狂奔。

事情的結局，已經從嚴肅滑入了荒誕。荒誕的程度，超出了我們的想像，也超出了吳大旺的想像，然而卻在跌宕的故事之中。那個時候，他們沒有想到他們行為的荒誕。也許，在特殊的情景中，正因為荒誕，才能證實某一種真實。不荒誕反而會產生某種虛假。也許，在人的情感世界裏，荒誕是一切事情的最終結局，只有荒誕的結局，才能夠驗證過程的價值。沒有最終荒誕結局的出現，那逼真的過程，無論如何的逼真，都將會顯出遊戲樣的假象和無意義來。

他就那麼莊重地把手放在脖子裏的軍扣上。

她説，為人民服務，你脱呀。

他就嘩嘩地解着扣兒，把上衣脱掉了，露出了胸前印有為人民服務字樣的汗褂兒。

她説，為人民服務，你脱呀。

他就又把他的汗褂脱掉了。

她說，脫呀，你不是要為人民服務嘛。

他就猶豫一下，又把他的軍褲脫下了。這時候的他，顯出了一個強悍士兵的肌肉來，渾身的健肉一陀一陀地露在她面前，像昨兒夜裏她露在他的面前一模樣。空氣忽然間顯得稀薄而緊張，他們彼此對望着的雙眼，仇恨而熱烈，宛若暴曬着的天空裏，有了一片被曬焦了的濃重的雲，一場強烈熱燙的陣雨，立馬會在風暴中襲來，捲起他們和他們所擁有的一切。他們彼此癡癡地望着，含着焦渴的愛情和含着仇恨的慾念，在他們的眼睛上如既將燃燒的一堆乾柴火苗，而使他們彼此的呼吸，都變得有幾分困難了的稀缺的空氣，則如大火前彌漫的一片濃煙。火苗在明明滅滅，乾柴上騰起的濃煙鋪天蓋地，就這個時候，劉蓮連株炮樣說了一句適時而又恰如其份的話。

她說，為人民服務，你為呀，你為呀，你為呀。

第六章

到這兒，故事已經完全沒有了意料之外的驚喜，它的開始、發展、高潮都在讀者聰慧的意料之內。愛情的大幕已經拉開，無論是正劇、鬧劇、悲劇或是荒誕劇，都將沿着它故有的線索走入一幕又一幕的情景裏。只是在這種情景裏，吳大旺常要陷入對另外場景的回憶和比較，使他對愛情這崇高的東西感到莫名的惶恐與不安，從而感到在性的泥沼中不能自拔而又甘願地沉溺下去。

他不明白他和自己的媳婦娥子守在一起時，怎麼會那樣呆板和無趣，彷彿是一頭大象掉落在了老井中，沒有自由，動彈不得，性和愛情就如同種瓜得豆，還是乾癟的豆，種豆子收芝麻，還是乾癟到沒有一點油汁的瘦芝麻。

新婚的那天夜裏，操辦婚事的老隊長領着村人都已散去，鬧洞房的孩子也已徹底離開，他懷着洞房花燭的激越心懷，去他妻子趙娥子身上摸索的時候，她竟兜頭問了他一句，說你不是說你是部隊的好兵嗎？

他說，我是呀，連長、指導員都說我是哩。

她說，你是你還這樣不要臉的流氓一樣到處摸我呀。

就是這樣的一句話，使吳大旺感到他的婚姻中明晰的缺少着某種東西——即書本上説的偉大的愛。他就那麼在新婚的床上坐着望了她一會，有一種來自婚姻內部，或説婚姻深層的只可以感受而還無法總結的寒涼，從那張新婚的紅漆床上生出來，終於就漫滿了他全身，使他隱隱地感到有一種愛情的悲痛，正在他和娥子中間旺茂地生長。而更為悲痛的是，他感到了這種悲痛，而她卻還對此渾然不知。

　　於是，他就穿上衣服，從新婚的屋裏走了出去。

　　她説，大半夜的，你去哪兒呀？

　　他説，你睡吧，我去上廁所。

　　之後，他就開始坐在院裏，在孤寂中感受着婚姻的悲涼，抬起頭時，望着頭頂在雲彩間浮動的一彎清月，有了害怕月亮從空中掉落的感覺。

　　説起來，在他和趙娥子的新婚中，最終忍受不了性的折磨的還是吳大旺。那個有三間草屋的土坯院落裏，夜裏的光色明明白白灑在腳地上。掛在靜夜的月亮，在天空中散發着一種寂寞的草腥氣。正是春來草發的四月間，蛐蛐的叫聲在院落裏，彷彿是幾管響個不停的竹笛在輪番地吹。望着那銀盤似的月光，他坐在院子中央，就那麼呆呆地望着那月光，守着那靜夜，腦子裏一片空白，又似乎在思考他和娥子的婚愛。

而最終，他還是在月落星稀之後，又回到了新房裏，到了她身邊。洞房畢竟是經了收拾的，雙喜字樣上的漿糊味都還淡淡地散在屋子裏。她在床上沒有睡，人雖蓋在被子裏，也還是掩不住她那他從未聞過的鄉村女人特有的渾濁的香。她說天都快亮了，你咋不睡覺？他就又不言不語地脫了衣服鑽進了被窩裏。也就是這一鑽，他掀開被她暖得熱燙的被子時，那股渾厚的女人的香味把他熏倒了。他的鼻子在黑暗中抽了一下，立刻就僵在了他臉上。屋裏沒點燈，窗口的光明像白紗一模樣。他從那僵硬中緩緩地又讓鼻子悄悄吸兩下，既是去吸那窗口的夜氣，也是去吸那由被窩散發出的她身上油光的女人氣。吸完之後，他努力讓自己平靜着鑽進被窩裏，試圖通過他那有了一年軍齡的意志力，把他自己對她的慾望壓下去。可是，在那床上，在那被窩裏，他的手不慎從她的肩頭滑過了。這一滑，彷彿是從絲綢面上滑過樣，於是，就在這一念之間，他自己擊垮了自己的意志，一下就撲到了她身上。

　　可是，她明明身上滾燙，渾身似火，也同他一樣有着原始本能的慾望，她卻把身子從他的身下掙出來，遭了針刺一樣把身子急忙朝後縮了縮，把他搭在她肩上的手打到一邊去，然後就彼此在靜夜中又一次僵持着。

　　他說，趙娥子，你是我媳婦，你再不讓我動你我就動武了。

她說，想動也可以，你得答應我三件事。

他說，哪三件？

她說，第一，下年你休假回來，得把你們部隊的軍裝給我捎一件穿。

他說，行，我要不給你捎，我就不是人。

她說，第二，以後每年你得立個功，給我寄一張喜報來。說寄一張喜報不光我臉上有光彩，生產隊、大隊都還照顧十塊錢。

他說，沒問題，我努力。第三呢？

第三，她說，現在你得跪在我面前，發誓說回部隊好好幹，聽領導的話，肯吃苦，一定得提幹，一定得讓我過上好日子。

他說，這話我都寫到給你爹的保證書上了。

她說，我不管。你寫在保證上了，也得跪在我面前重複着那話發個誓。發了誓，我就把我的身子給你。

他也就果真跪在床鋪上，面對着自己新婚的妻子說，我吳大旺要回到部隊不聽黨的話，不好好幹工作，就讓我天打五雷轟；我要這輩子不努力提幹當軍官，讓你趙娥子跟着我過上好日子，老天爺就讓我斷子絕孫沒孩子。

不知道說這話時，吳大旺是為了自己的前程，還是為了新婚妻子那渾圓滑潤的肉體，總之，那時候他跪在她面前，聲音不高，但卻說的急急切切，語速很快，嚴肅而莊

重，神聖而有力。說完之後，他盯着她仔細看一會，輕聲問了句，行了吧？她說，我信你了吳大旺。他就一把將她那本來就屬於他的、而她卻一定要首先交給日子與未來人生的新婚肉體抱在了自己的懷裏。

性，就從這時候開始了。

而愛情，也就從這時候消失了。

在以後每天的黑夜裏，雖然他都瘋狂備至，激動不已，可總是在他即將高潮時，她會提醒地說一句，大旺，回到部隊你可一定要好好幹。這樣一句話，日常說出來，是親切的交待和囑託，可在性愛的過程中，她說出來卻如同她往他發燙的身上不期而至澆了一盆水，使他對她急速上升的性愛又急速地冷冷卻卻縮回去，使他們之間的愛情顯得如同是一張被水浸泡過的紙，是那樣的經不起觸碰和審視，經不起意義的質詢和考證。

第七章

　　也許，正是他和趙娥子那水濕的結婚證書樣經不起驗證的婚姻與愛情，成了他和劉蓮情愛的堅實基礎和佐證，使他在跨過劉蓮的蚊帳之後，便看到愛情偉大的光芒，使他很快就最終而甘願地墜入了一團性的泥沼。而且，他以為他和劉蓮頻繁的性事，也正是愛情高峰的顯露，是一種真正的愛情與人生的再現。將近兩個月的時間，他和她的每天每夜，都被性和情的深湖所淹沒。愛情在湖面上波光漣漣，泛着耀眼的光芒，每一次閃灼，哪怕是一粒水花的濺跳，都包涵着偉大的愛和藏藏匿匿的詩情與畫意，可惜他們都還不知在這美麗的湖面之下，湧動的則是具有催毀一切的性的暗流和漩渦。

　　劉蓮早就給吳大旺的連長和指導員通了電話，說師長不在家，她晚上睡覺有些害怕，自你們批評了小吳之後，他工作細心周到，讓她十分滿意。說既然這樣，就讓他晚上不要回連隊住了，留在一號院裏陪她到師長從北京回來。連長和指導員，當然是在電話的那頭一口兒地說好，並且還點着頭向劉蓮承諾，吳大旺的工作不好，那就是我

們連隊的工作不好，他哪兒再粗心馬虎了，你可以直接批評他，也可以直接批評我們連長、指導員，批評我們警衛連的黨支部。事情是如此的簡單和順利，愛情是如此的神奇和美妙，作為主角的劉蓮和吳大旺，連他們自己都忘了演出的存在，而在進入角色之後，幾乎把表演等同了生活的真實。他們像演員一樣，演出本身，就是了他們存在的生活。

吳大旺仍然每天都到樓後種菜，到樓前侍弄花草，而這種菜和侍弄花草的勞動，以前是他本份的工作，以後就成了他向路人的真正出演，使那些從一號院門前走過的每一位首長和士兵，在扭頭張望時候，看到一切都如往日無二的虛景，以為劉蓮還是師長的夫人，吳大旺也還是師長家的炊事員兼公務員。可在這表演之後，深層的變化卻只有吳大旺和劉蓮能夠知道。

以前，他種花種菜，不能忘了按時按點地到廚房燒飯炒菜，而現在，他可以在菜地耽誤許久，到了燒飯時候，劉蓮會在門口向他招手。讓他回去，並不是為了讓他給她燒飯，而是讓他站在她的身邊，由她給他燒飯。許多事情，都開始有了顛倒，從性質上發生了或正在發生着根本的變化。第一次她給他燒飯，是和他給她沖了一碗蛋湯一樣，在他一夜的勞頓之後，早晨深深的沉在夢裏，直到太陽從窗口爬至床邊，他突然醒來，看到昨晚和他同床共枕

的劉蓮不在身邊，驚得忙從床上坐起，才發現劉蓮坐在床邊，癡癡望着他的憨睡，臉上是一片孤獨的寂寞。他說天呀，劉姐，我還沒去給你燒飯。劉蓮就突然甜笑一下，彷彿他的醒來，一下趕走了她的寂寞一樣，用手在他的臉上摸了一把，說現在不是你在為人民服務，是我在為人民服務。然後，就把那碗她親手燒的蛋湯端在手裏，真的如姐姐餵弟弟喝湯一樣，一匙一口地，用湯匙餵進他的嘴裏。到了湯的最後一口，她把湯匙扔到一邊，一下喝到自己嘴裏，又慢慢地吐進了他的嘴裏。就是在那次餵湯之後，他為了向她表示他的忠誠與感激，還有沒有被他覺察的愛情，他用目光徵求了她的同意，親手把她身上的衣服緩緩地一件一件脫了下來。讓她整個人兒如玉柱樣豎在床前，身上清淳濃烈的女人的香味，填滿了一間屋子。儘管他們已經夫妻樣生活了多日，床上的事情，也已不知有了多少次回，但真正那樣靜心地如看畫樣欣賞她的玉體，那在他還是第一次。日光從還沒有徹底拉開的窗簾縫中側着身子擠進來亮白一條，而那一條，已經足夠了他看她的亮色。她的頭髮，她的泛紅而白皙的面色，她的光潔如月光星輝的，居然沒有一粒黑點、一顆小包的身子，還有那三十二歲依然如二十歲樣挺挺撥撥的聳立着的乳房。她的肚上，沒有一條皺折，沒有一般兒女人常有的暈線暈塊。手撫過

去，如手撫平整的月色樣的乳下膚地，白得如撒了一層桂花的粉末。從那裏散發的肌膚的香味，濃烈得如剛剛擠出的奶香。還有她那最為誘人的一片隱地，神秘而幽深，如同沿着花草小徑，走入林地深處方可見到的一處水流花開、日月同輝的盛景美色。那時候，那條日光正好悄然地爬上她的身子，斜斜地照着那一片未曾見過日光的花草之處，像一條黃金的皮帶，束在她的兩腿之間，使得那花地每一絲淡金淡黃的細枝上，都泛着微細嫩嫩的一束光色，都有一股半清半腥的香味趁機向外豁然地散發。

她就那麼立在那條日光之中，一任他的愛撫和端詳，彷彿自己是活的雕塑，一任一位匠人的擺弄，除了臉上有一股可以忍耐的羞臊之外，她的先是垂着，後又不斷地抬起來去他的頭上撫弄的發抖的雙手，她的忽然間變得軟弱無力得似乎要癱在地上的雙腿，都已經開始不再聽任她的召喚。她想就那麼一任他的撫摸和觀看，讓時間在他的撫弄中分分秒秒地滑過去，可是，頭上的暈弦，卻使她發顫的雙手、雙腿，成倍翻番的哆嗦起來。暈眩控制了她的全身。而他的目光、他撫摸她的手指，又翻過來成為她暈眩的動力，及至他的雙手，從她的乳房，長征樣緩慢地跋涉到她的林深花地之時，她臉上激悅的淚水，止不住地奪眶而出，掛在她的下眼睫上，搖搖欲墜，似落未落。就這個

時候，她抽泣的聲音，像大壩裂縫中的流水，急切而奔騰，嚇得他在她身上的目光，恍的一下，不僅止住了他熱切的探尋，還止住了他熱切的、不知疲倦的勞作的雙手。

他說，劉姐，你怎麼了？

她說，小吳，我頭暈得厲害。

他驚着說，你快穿上衣裳，我打電話叫師醫院的醫生。

她說，不用，你快把我抱到床上，手別停，嘴也別停，想親我哪兒、摸我哪兒了，你就親我哪兒摸我哪兒吧。現在我不是你們師長的老婆了，我是你吳大旺的媳婦了。我已經任由你了小吳，是死是活都任由你小吳了。

他就順勢抱着她那癱軟如泥的身子，把她像安放睡着的嬰兒樣放在床上，開始從觀賞和撫摸，升級到從她的頭髮、額門、鼻樑、嘴唇、下齶開始，自上而下，一點一滴的瘋狂地親吻。在有些地方，他的吻如蜻蜓點水，唇到為止，而有的地方，則流連忘返，不能自拔，忘乎所以，親了又親，吻了又吻。彷彿在那兒，他的嘴唇要長期駐紮，生根發芽，直到她的雙手，在他的頭上有所提醒，他才會不情願地戀戀離開，依依不捨。那一次天長地久的狂吻和撫摸，使他們之間的那種明晰的關係，開始變得模糊而複雜，彷彿一條筆直平坦的路道，進入了一片原始的林地，開始變得彎曲而又時隱時現，時現時隱，捉摸不定。當他

的雙唇在她的唇上留駐探尋的時候，她眼上的淚水，終於從眼眶快活悽然地滑落下來，一滴一滴，一串一串，浸濕了床上深綠色的床單和大紅的厚絨枕巾。當他像饑餓的孩子在她的雙乳上輪流吮吸的時候，她的哭聲又一次由低到高，由慢至急，由淡到烈。在她的哭聲中還夾雜着他聽不清的喃喃細語，如同幼燕在饑餓着等待母親餵食的急切呢喃，直到那哭聲帶動着她發抖的身子，使她的身子成為一架旋轉不停的機器，在床上，在他的狂吻下面，哆嗦抖動，顫顫巍巍，發出許多的尖叫和呻吟，他還沒有停下他風雨狂吻的一些意思。

她也沒有讓他停下歇息的一絲意味。

屋子裏悶熱異常，空氣中充滿了他們熱汗、口液和慾液的混雜得令人更為激越膨脹的味道，還有她因為過分激動而鮮紅烈烈的尖叫聲，他大汗淋漓、渾濁粗糙的喘息聲，和陽光從床下追至床上的照曬聲。他就那麼在她身上瘋吻狂舔，舌尖和舌板忙個不停，一任自己男人的性子，在她身上瘋狂地施展，像狂馬在馬場狂奔一樣。及至當他用他全部的舌頭和力量到了她兩腿間的花地之時，還未及讓自己的舌尖探尋進去，她一直在他頭上抓着撓着的手上，猛地就從他頭上滑落下來，如同無力垂下的兩股繩子耷在了床上，而她原來尖叫不止、豔麗無比的叫床的聲音，也猛地戛然而止。

這時候，他的狂吻，如同被切斷了電源，失去了動力一樣，也跟着冷丁兒戛然而息，停了下來。

他抬起頭來，看見她臉色蒼白，渾身蠟黃，不言不語，人如死了一樣。

她竟昏了過去。

他知道她昏了過去。因為激動而昏了過去。他對她的性愛如同突然降落的狂風暴雨，使她的生命獲得了一次一生難求的窒息和活力。

屋子裏在一瞬之間，變得和墳墓一樣安靜。他團團轉着守在她的身邊，忙亂地搖着她的身子，一連聲地叫着她劉姐、劉姐，嚇得他心慌意亂，不知所措，汗水從他頭上更加旺盛地噴將出來，滴落在她赤裸的身上和一團麻亂的床上。然在幾秒之後，他就又突然從慌亂中醒了過來，鎮靜下來。那些軍營中急救的常識，一股腦兒都回到了他的腦海，於是，他便從慌亂中穩住自己的手腳，守住自己的心勢和情緒，三下兩下地穿上那條軍用短褲，首先到窗前打開窗子，再到屋門口開了屋門，爾後把一條毛巾被鋪在門口地上，回去把劉蓮抱過來放在毛巾被上，讓她像條大白魚樣安安靜靜地躺在門口。

風從窗子進來，又從門口出去，涼爽一下子就浸滿了樓屋。外面不知道什麼時候開始變天，剛才明亮的日光，現在已經消失。有一片巨大的雲彩從天空飄然而過，

蔭涼像傘樣遮住了師長家的一號院落。劉蓮就那麼靜靜地躺着。吳大旺就那麼靜靜地守在她的身邊，讓時間像沙地的流水樣在屋裏吱吱地浸過去。他有幾次都想動身去掐她的人中，去給她做些人工呼吸，可卻是終於坐在她的身邊沒動。這個時候，他那些偏狹的小農意識，不合時宜地升了上來，他想起了他在家的媳婦趙娥子，想起媳婦說她割麥時，把孩子栓在田頭樹下，孩子捉了一隻螞蚱吃進了喉裏，差一點把孩子給噎死。想到他的孩子差一點噎死時，他對自己所不能擁有的城市、文明、美和愛情產生了強烈的嫉恨和仇視。他癡癡地盯着劉蓮看，竟在心裏產生了一個可怕的念頭。他想她果真死了該有多好。這個念頭一經產生，不知為什麼就牢固地樹立在了他的腦裏，使他盯着她那細長白嫩、還沒有一圈兒細皺的脖子看時，他的手上就忽地有了力氣，有了把手放在她的脖子上的一點衝動。

幸好，這個當兒，她醒了過來。

她首先把頭偏了一下，掃了一眼屋子和坐在她身邊的吳大旺，彷彿轉眼就明白了發生過的一切樣。無力地從地上坐起來，劉蓮說了一句讓吳大旺從未想過的話。

她說，值了，我這一輩子活得值了，讓我劉蓮現在死了，我也心甘啦。

聽到她說到死時，他渾身哆嗦一下，彷彿他剛才產生的可怕、荒唐之念，被她洞察了一樣。他為了掩蓋朝她身邊偎了一點兒，拉着她的手說，劉姐，你咋樣？嚇死我了，剛才你昏了過去，這都怪我呢。然而，她卻感激地看了看他，眼角又有了淚水，還又用手在他臉上摸了摸，說你把我的衣裳拿過來。他就去桌上取了她的衣裳，幫着她把衣裳穿好，兩個人姐弟一樣，坐在地上的毛巾被上，手拉着手說個不停。

她說，小吳，你是我的丈夫該多好。

他說，你嫁給師長，全世界的女人都眼紅你哩。

她說，那倒也是。朝別的地方看了一眼，忽然又扭過頭來，死死地盯着他說，知道吧，你們師長前邊的妻子為啥要和他離婚？

他不說話，只是驚異地望着她那又開始泛紅的熟果子樣的臉。

她說，師長他是師長，可他不是男人。

他越發驚異地望着她不言不動。

可她卻不再說這些，歎了一口長氣，悠然而傷悲，像她的心中有着無限的哀傷。這哀傷之氣歎了出去，似乎傷悲也就有些兒煙消雲散，隨之她便轉過一個話題，盯着他看一會，問他說你想提幹是不是？

他說嗯，又說，當兵的誰都想提幹。

她就追着問他，提幹為了什麼？又緊跟緊地補充一句，別説是想為人民服務那句話，你要把你心裏的話説給姐。

　　他便猶猶豫豫，説説了你會生氣的。

　　她説我不生氣，我知道你提幹是想把你媳婦從農村接到城市裏。説着她臉上掛了大度的笑，説姐理解你，放心吧，姐會幫你的。説現在全師的提幹指標凍結了，等一解凍姐就幫你提幹，幫你把你媳婦和孩子從農村把戶口辦進城市裏。説到這兒，不知為啥，她臉上又有了淚水，似乎她有話要和他説，可又不是時候，就從地上坐起來，去找梳子梳着自己的頭髮，問他説，小吳，你想吃些啥？

　　他説，劉姐，你想吃啥，我就給你燒啥。

　　她笑着説，你是我男人，我是你媳婦，你想吃啥，我就去給你燒啥。

　　那天中午，他們手拉着手從樓上下來，一個切菜，一個炒菜，一個拿盤，一個端碗，分工合作，相互幫助，共同動手，協作勞動着做出了四菜一湯。進廚房的時候，看到餐桌上那為人民服務的牌子，兩個人相視一笑，他説為人民服務——你坐這兒歇着吧。

　　她説要鬥私批修——你比我累，你坐那兒歇着吧。

　　他説我們都是來自五湖四海，為了一個共同的革命目標，走到了一起來了——來，咱們一塊做飯吧。

她說人民，只有人民，才是創造歷史的動力——一塊燒飯，咱們得比一比，看誰燒得更好吃。然後，他們分工掌勺，彼此做了兩素兩葷。她做了黃瓜炒雞蛋和青椒肉丁兒，他做了炖雞塊和炒茄子。炒完之後，彼此嚐了對方的手藝，她說她的好吃，他說他的好吃。她說我是南方人，肯定是我的好吃。他說我在烹飪賽中拿過亞軍，不然師長也不會把我挑進家裏，說破天你的也沒有我的好吃。說完這話，她看着他神密地一笑，退讓一步，說謙虛使人進步，驕傲使人落後——就算你的好吃吧，我再燒個湯給你嚐一嚐。她就又燒了一個蝦米皮炖冬瓜湯，讓他嚐了以後，他說群眾的眼睛是亮的——果然你這個湯好，打死我也燒不出這麼鮮美的味道。

之後，吃飯的過程中間，他們彼此對座，在飯桌的下面，你的腳踩着我的腳，我的腿壓住你的腿。在桌子的上面，你餵我一口，我餵你一嘴，遊戲伴着飯菜，飯菜成了遊戲，說說笑笑，笑笑說說。到了飯的中途，劉蓮忽然拍了一下額門，像是想起了什麼，問他說喝過茅台酒嗎？他說見首長們喝過，就在這兒，師長、政委、副師長為了慶祝我國氫彈試驗成功，我給他們燒了八個熱菜，拌了四個涼菜，滿滿擺了一桌，首長們就在這兒喝了國酒茅台。

她說，來，咱們也喝茅台，咱們也來慶祝。

他說，慶祝啥兒？

她說，慶祝我沒有白活一場。

就去樓上的哪兒取來一瓶茅苔，兩個杯子，倒了滿滿兩杯，遞他一杯，自己端起一杯，説喝，就要去給他碰杯。他卻把杯子舉在半空，看着她説，我喝了你得説説你是咋樣就嫁給了師長。怔了一下，她説想知道不是？喝吧，只要你喝了，你問我什麼我就給你説什麼。他説真的？她説真的。他就舉杯喝了，問她説，劉姐，你老家在南方的哪裏？她也喝了，説揚州。説揚州去過嗎？你們北方人愛説上有天堂，下有蘇杭，其實蘇州、杭州沒有揚州好，揚州的姑娘隨便挑一個都比蘇杭的好。説有人替林副統帥家裏選妃子，沒有從蘇杭選上一個，卻從我們揚州選了兩個。説着，倒上酒，把酒杯遞給他，問他説還問啥？他説你也是師長選上的嗎？她把酒喝下去，笑着説，當然是。説師長去醫院檢查工作，一下就挑到了我。好像因為師長挑到了她，使她深感驕傲和自豪，臉上的笑便跟着燦爛而榮耀，可在她的笑容裏，又一次有淚水流出來，晶瑩透亮，如玉石珠子，還落在了她手裏的酒杯中。

他説，姐，你咋了？

她説，高興呀，我嫁給了師長啦。

他説，你不知道師長比你大得多？

她説，知道呀。

他説，知道你還嫁給他？

她說，大得多怎麼了？他是師長呀。

他說，你說他咋兒是師長不是男人呀？

她說，該問的問，不該問的你別問。

他說，我是你男人，我憑啥不能問？

她說，你是師長家的公務員，我是師長的老婆你知道不知道？

他便死死地盯着她，猛地把酒杯放在桌子上，突然異常誠實地說，劉姐，我剛才想到你甘願嫁給師長，不知為啥就想掐死你。

她又喝了一杯酒，說來掐吧，死了咱們一塊兒死。然後就又咕地把一杯酒喝下去，半醉不醉地瞟了一眼吳大旺，說知道吧，我也是學習毛主席著作的積極分子哩，背毛主席語錄在師醫院是第一，有一次一口氣在師長面前背了一百條，沒有一個錯字，連標點符號都給他背了出來了，師長他就看上了我小劉蓮，我就提幹了，就嫁給師長了。我是真的心甘情願嫁給師長的，師長連逼我的一點意思都沒有。可我沒有想到師長他是師長可他不是男人的事，沒想到師長的妻子和他離婚就是因為這。因為這我也想到和師長離婚的事，可我還沒有說出來，師長他就給我跪下了。你想想，師長他那麼大年紀，是高幹，參加新四軍時只有十幾歲，抗日戰爭中負過四次傷。解放戰爭中，子彈正好從他的兩腿中間穿過去。到現在，他身上還留着

兩顆解放戰爭的子彈呢，一顆在背上，一顆在腿上。他的立功證章全都放在立櫃裏的幾個木盒裏，拿出來一個籃子都裝不下。吳大旺，你說我能和他離婚嗎？那麼大的年紀，為革命頭髮都白了，他跪在我面前哭得和孩子樣，你說我劉蓮能和他離婚嗎？

她說，來，咱兩個喝，你把那一杯喝下去，我給你背一百條毛主席語錄你聽聽，你要喝不下去，你給我背一百條毛主席語錄我聽聽。他說，你不用背，你給我唱一首毛主席語錄歌。她說行。他就喝下去了，她就給他唱了一首《早晨，八九點鐘的太陽》。他又喝了一杯，她又唱了一首《長征·七律》；他再喝了一杯，她再唱了《自力更生歌》。他不知道他喝了幾杯，她不知道她為他唱了多少歌，後來，他們都醉了。醒來的時候，黃昏又如期而至降落在一號院落裏。夕陽從後菜園子照進廚房內，使餐桌上的狼藉顯得如因為黃昏的到來，必將如開始忙起來的牛槽馬棚樣。空酒瓶和酒杯堆在餐桌上，他們的衣服，全都搭在椅子上，他們用過的筷子，有兩根在桌下，有兩根不知怎樣落到了廚房的門後邊。

而他們倆，則雙雙的一絲不掛，互相摟着睡在廚房的水泥地上，像兩條褪了毛的豬，死後被隨意地扔在案板的下面樣。那為人民服務的牌子，不知如何就和商店的標價牌兒樣，擺在了他們的身上了。

第八章

　　不知道是人生就是遊戲，還是遊戲替代了人生。再或是，遊戲與人生，你中有我，我中有你，其結果就是合二為一。不知道人是社會的角色，社會是人的舞台，還是因為社會就是舞台，人就必須成為角色。不知道是因為愛情之美，必然會導致到瘋狂的性的到來，還是因為性的本質之美，必須會導致愛從無到有的產生。河流着，它不需要知道水的源頭在哪兒；水流着，它也不需要知道河是為它而生，因為它的到來，河才完成了從無到有的成形。有些事情，前因後果不需要刨根問底，發生了也就發生了，無來由地來，也無來由地去。吳大旺和劉蓮的情緣，在許多時候就是這樣。他在一號院的後院裏種菜，她在門口或菜畦的邊上看他種菜，有一對蝴蝶戀戀地飛了過去，他並不在意，可她卻盯着看了許久，然後臉上掛了腓紅，不說什麼，回去把為人民服務的牌子，拿出來藏在身後，當他鋤菜或澆菜到了那頭，她把牌子悄悄放在這頭，爾後轉身朝樓裏走去。

　　他看見了，大聲問她，幹啥去？

她説，渴了，喝水去。

他以為她是真的去喝水，自己就靜心地鋤菜澆地，到了這頭兒卻發現那為人民服務的牌子放在菜畦的埂上，便四下看看，把鋤扔在一邊，拿起牌子回去，顧不上洗手洗臉，把牌子放回餐桌，直奔到二樓臥室，準就見她衣服穿到最少，正在那兒熱烈地等他。二人也就沒有多的言語，彼此看上一眼，心有靈犀，便開始做一次男女之事。做得好了，她會説今天我做飯，想吃什麼我給你做什麼。愛事做得不好，她就説該罰你了，去給我的那件衣服洗洗。她做飯，他心安理得地去吃，就像他吳大旺做飯，師長吃得心安理得一樣，因為他是師長的炊事員兼着公務員，因為他是她獲取到的愛的開國元勳。她罰他為她洗衣、挖耳、剪指甲，他也心甘地承受這些，因為他在為愛服務時候，事情做得不好，自私自利，多半先自為了自己，不罰也確是説不過去。愛情不是遊戲，可愛情又哪能不是遊戲。沒有遊戲，又哪有愛情。遊戲之愛，像蝴蝶、蜜蜂飛在菜園樣在他們中間飛來落去，又落去飛來。有一次，他正切菜，那為人民服務的牌子，忽然間跑到了他的菜刀下面，他就放下菜刀，帶着手上的辣椒的味道，到樓上和她做了事情，效果竟意外之好，她便下樓拿起菜刀，接着切他沒切完的茄子、黃瓜，一連為他做了三天九餐的飯，連碗筷都不讓他洗上一次。

為人民服務的木牌，在他們的愛情中間，是長了腿的，每次只要她一想他，他人在花池邊上，那木牌就會突然出現在最醒目那一株花棵中間。他在葡萄架下，木牌會突然掛在他身後葡萄藤上，人一轉身，頭或肩膀，就撞在了木牌上。在他這一面，有時出門買魚買肉，在大街上見到一些情景，不免使人想入非非，可剛一開門進院，那木牌就出現在了門後腳下，差一點踩上那塊木板，使那想入非非的事情，轉眼就成為現實。當然，有些時候，他並沒想她，而是妻子、兒子出現在了他的腦裏，可一轉身也又看見了木牌，這個時候，他本應有些拒斥他與劉蓮的情愛，然而事情卻不是那樣，而是只要盯着那木牌看上幾秒，妻子和兒子就會從他腦裏黯然退去，劉蓮光潔誘人的身子會立刻佔據他的頭腦，使他渾身血湧，激情蕩漾，立刻跑到她的身邊。那樣的事情，沒有時間，不分地點，在那棟一號院的樓房裏，客廳、廚房、洗澡間、書房、師長的掛圖室，還有深夜無人時的葡萄架下，哪兒都做過他們的愛事之床，都見證了他們遊戲樣的燦爛的愛情。

　　在那短暫的一個多月裏，他們做着本能的主人，也做着本能的奴隸。性的遊戲幾乎是他們全部的生活內容和人生目標。他們讓性變得淺顯而又深邃，一文不值而又千金難買，閃耀着幾千年人性的光輝，又代表着幾千年人性的墜落。每一次性事，都浮皮潦草，又倍加仔細認真。而從

真正意義上去說，他們的情愛到了刻骨銘心、終生不可忘懷的境界，則是那一個多月後的最後一周。

那時候，部隊要外出拉練去了。

營院裏各個連隊的門前，都停有一輛裝柴、裝煤、裝糧食的汽車。原來那寫着各種詩歌、散文和表揚稿的連隊黑板報，現在都已經是備戰備荒為人民和深挖洞、廣積糧、不稱霸的語錄和打倒美帝蘇修反動派，一定打贏第三次世界大戰的標語和口號。還有張三向李四的挑戰書，一營寫給二營倡儀書，三連寫給二連的迎戰信。成語一堆，排比如山，文字激揚，無處不含有戰鬥的革命激情。在一號院與世隔絕般的愛情中，吳大旺已經忘了他是士兵，已經忘了他是生活在一個軍營之中，已經不太熟悉軍營中那一根火柴就能使整個軍營燃燒起來的某種軍人的精神。他已經有幾天沒有走出過一號院落，而在這天，他不得不到市裏去買油鹽醬菜時，推着自行車剛一出門，就看見師直屬隊整裝待發的三個營、八個連，正跑步往操場上集合。

忽然之間，他似乎想起了什麼，身上有了一些士兵的激情和緊張。

他問哨兵，部隊幹啥？

哨兵說，拉練呀，你不知道？

他沒說知道還是不知道，忙騎車回了一趟連隊，發現連隊昨晚都已人走屋空，只留下養豬種菜的幾個留守士

兵。他問他們，連隊呢？兵們説，打前站了，老班長，連長和指導員在連部給你留的有信。到連部取了那信，看信上只有一句話，説你的任務，就是牢記為首長家裏服務就是為人民服務。然後看着那信，彷彿有一盆冷水兜頭從天空澆下一樣，被組織和集體遺棄的感覺，在心中慢慢流散開來，臉上就有了一絲不悦。

天氣已經過了盛夏，燥熱還在，但那熱裏少了火烤的味道，有了秋天將至的涼意。吳大旺收了那信，悻悻地騎車到了市裏，買了一車該買的東西，雞肉魚肉，還有花生油和小磨油，味精和胡椒粉，裝在車的後架框裏，又到郵局給家裏寄了三十元錢。

先前，他是每到月底，就給家裏寄上七塊八塊，以補家裏的開支和孩子的一些費用，可是這次，不到月底，他就急着給家裏寄錢，並且寄了數倍之多。説起寄錢，是吳大旺人生中不夠光彩的一章，彷彿等於，是他人生中的一大污點，其污其黑，勝於他和劉蓮的墮落。核算起來，過完二十二歲入伍時候，第一年的新兵，每月只有六元津貼，第二年每月七元，第三年每月八元，一年軍齡，會多長出一元津貼，五年之後，他每月也不過有十塊的津貼，除了自己每月買些牙膏、肥皂，用上一塊、兩塊，郵寄上七塊八塊，等於是寄了他的全部收入。如此這般，而如何能夠存上三十塊錢，那隱密正類於紅頭文件上的甲級絕密。

實事求事，説起這錢的來源，就是他每次上街給師長家買菜購物，餘下的整錢，都如數還了回去，可多餘的幾毛幾分，卻都裝進了自己口袋。吳大旺知道，這事情不大，性質就是貪污，所以每次買了什麼，他都記在紙上，把有的物價抬高一分二分，其結果他的帳目總是天高雲談，青青白白，為此師長和劉蓮沒少表揚過他。現在好了，處心積慮，存下的三十元錢都寄給了媳婦，因此也就覺得，並沒有太多的對不起她的地方。也似乎這樣，就可以減輕他心裏那時有時無的精神負擔，使他可以更心安理得地和劉蓮度過這段意外的墮落之愛，可以在這條性愛之河上暢快地游泳跳水，以滿足人生中必須的需求和渴念。

　　從郵局出來，天空中雲淡日黃，大街上有一支遊行的革命隊伍，扛着旗幟，打着橫幅，從南向北地呼着打倒某某某的口號，昂然而過。由於這個月他和劉蓮那種隱蔽的生活，如同地下工作者的一段戰鬥歲月，使得他在看見街頭的革命，感到了一些陌生和恐懼。他立在街邊看了許久，如同要判定革命者是否與他和劉蓮的行為有關，直到遊行的隊伍轟然而去，才又騎上自行車回到市郊的營院。

　　到營院之後，部隊和拉練的汽車，也都早已離開。偌大的院內，忽然間空空蕩蕩，只有換哨的士兵那寂寞的腳步，孤獨地響在寧靜的營院路上。麻雀和知了的叫聲，這時候一如往日，可卻顯得格外的嘹亮刺耳，彷彿整個天

空，都成了它們的舞台。而留在營院的兵們，扛着槍走來走去，只是舞台上扛旗舉牌的一些龍套角色。吳大旺到一號院前，不巧有一隻麻雀屙到了他的軍帽上邊，在首長院門前站哨的一個留守新兵，立在高有二尺的哨台上，居高臨下，看見他帽上有滴兒鳥屎，說喂，你頭上有屎。他就不悅地站在那兒，推着車子，說新兵蛋子，你知道我是誰嗎？你們連長見我老遠都笑，你們指導員還主動給我敬禮，你咋敢開口罵我。

新兵說，我認識你，姓吳，老典型；吳班長，可你帽子上真的有屎。

他摘下帽子，一看果真，笑着用手彈彈，說我在一號院裏服務，以後有用着我的地方，儘管招呼。說完以後，吳大旺心裏有說不出的舒暢，因為那個新兵對他千恩萬謝，幾乎把他當成了一號院的主人。而事實上，自他和劉蓮有了那第一次的關係之後，他的心裏，已經開始發生了微妙的變化，有一種主人的心理，總會在不自覺中滋生起來，彷彿他果真是劉蓮的丈夫一樣。在許多場合，他還會暗自生出一種想要告訴別人他和劉蓮有夫妻關係、恩愛之情的炫耀心理，只是革命的紀律和無法讓別人相信這種不可靠的事實，還有他無法保證聽者不再說給別人的擔憂，從而導致不應有的麻煩，才使他總是守口如瓶，和什麼事情也沒發生一樣。

吳大旺推着自行車回到一號院裏，他的這種自我膨脹的心理，在無意中有了洩露，也因此在和劉蓮的愛情中，出現了令他們倆都刻骨銘心、終生難忘的那一幕又一幕的深刻情景。他把自行車推到廚房的後門前，正往廚房一樣一樣卸着東西，看見劉蓮從大門外進來，手裏買了牙膏、香皂，還有一些她常用的粉膏的。拿着那些東西，她從正門走進廚房，立在餐廳門口，瞟了一眼餐桌上那為人民服務的牌子，正要說句什麼，吳大旺忽然把自己身上有了汗漬的軍裝脫了，遞給她說，喂，你去給我洗洗。

　　她便怔怔地看着他不動，說你說什麼？

　　他說，熱死了，你去把我的衣服洗洗。

　　他說話的語氣、動作、神態，完全如同他休假回家割麥，拉着一車麥子到了門口，脫着衣服和自己的媳婦說話，讓她去為他洗衣做飯。可是，他面前站的不是他的媳婦，而是師長的夫人。劉蓮聽了這話，先是怔着，看着他像看一個不曾相識的生人，接下來，她的臉上有了一層淺淡的雲霧，很快地雲霧過後，她沒有說話，更沒有去接他遞給她的汗漬軍裝，而是臉上掛着半嘲的譏笑，用手指了一下為人民服務的牌子，轉身抱着手裏的東西，往洗漱間裏去了。

　　本來，這不是一件大不了的事情，可正是這件小事，導致了那刻骨銘心的情愛的到來。他在廚房裏正好能看見

那塊為人民服務的木牌，牌上的塗漆紅字經了歲月和廚房的煙火，已經不像先前樣鮮豔奪目，五星、麥穗和長槍，也有了陳舊之跡，更顯出了歷史的深重。然而，這塊開始悄然剝落的木牌，和木牌上的字與圖案，卻警鐘樣敲醒了吳大旺，使他在一瞬之間，想起了自己在一號院中所扮演的角色，想起了一個鄉村士兵的不可逃離的厚重的卑微。

他把伸在半空舉着自己汗漬軍裝的手緩緩落了下來，如同洩氣的皮球樣蹲在了地上。這一刻，很難說他心裏想了什麼，經過了何樣的思想鬥爭或說意識的廝殺，只是就那麼蹲着，把自己的軍裝無力地扔在地上，讓自己的目光，越過廚房的空間，從後門推向師長家的菜園。菜園的那邊，是一片白楊，白楊上的疤結，如同睜大的一個個眼睛，在白楊身上長年不眠，你看着他的時候，它也一眨不眨地盯着你看。吳大旺就那麼看着楊林中的最大的一顆眼疤，雖隔着園子菜地，卻彼此看得清晰異常，似乎連那眼疤上翹起的樹皮，都如眼上的眼睫樣一清二楚，就這麼看着看着，他的臉上泛起了一層薄青，又扭頭看了一眼那為人民服務的木牌，呆了一會，他鬼使神差一樣，突然從地上騰地站起，轉身跑到一樓的洗澡間，一看沒有劉蓮的影子，又咚咚咚地爬上二樓，立在洗漱間的門口一看，見劉蓮正在試着她剛買的一盒白粉，輕輕地往臉上用一片圓的海棉沾着塗抹，於是他就魯莽而不顧一切地衝了進去，把

她抱在懷裏，就往臥室裏走去。因為急切而莽撞，她在他懷裏掙脫時，弄掉了掛在屋門口牆上的鏡框，而且那鏡框還未及落穩地上，他的大腳就踩了上去。玻璃碎了一地，沒有一個人民的軍隊，便沒有人民的一切那紅紙上的兩句漆黃的哲話上，印着他的一個灰土大腳印，像一枚巨大的篆刻印章蓋在上邊。

屋子裏猛地肅靜異常。

他把她放了下來，彼此驚異地看一眼地上碎裂的語錄，又久久冷冷地相互看着。

她說，你想幹啥？

他說，是你的胳膊把它撞在了地上。

看着那上面他的腳印，她說只要我給保衛科打個電話，你這一輩子就完了。

他說，你會打嗎？

她瞟着他臉上半青半白的臉色，神秘地說會，也不會。

他就轉瞬間把態度軟了下來，說劉姐，可是是你讓我上樓來的，你不讓我上樓，它會從牆上掉下嗎？

劉蓮便用質疑的目光，看他像看一個敢在母親的臉上摑打耳光的不孝之子。她臉上那原來半是神秘，半是驚異的神色，漸次地成了蒼白。而且，原來她那紅潤的嘴唇上竟也有了淡青，彷彿他對她的指責，不僅無情，而且大幅

度地降低了她的人格品性，使她的名譽遭到了前所未有的污辱。於是，她盯着他的目光，又開始變得如冰條樣筆直冷硬。

就那麼盯着他說，小吳，你剛才說什麼？

他說，我說是你讓我上樓來的。

她說，我什麼時候讓你來了？

他說，你剛才在廚房不是指了一下為人民服務的牌子嗎？

怔一會，她想起來了她朝那為人民服務的一指，冷丁兒就又啞然失笑，臉上的薄薄青色，忽然就有了原來如此的釋然輕鬆。她沒想到那一指會出現這種戲劇性的結局。本來那一指是她對他的一個身份的提醒，卻帶來了他為她身體的服務。她並不知道吳大旺在樓下時，心裏想了什麼，臉上有了什麼變化，她沒有想到，等級的怨恨在他心裏早已經過長久的潛藏之後滋生起來。啞然失笑之後，她看着他那張純樸、憨厚的臉，心裏有了一些對不住他的同情，便拿起他的手放在了自己的乳房上，想借此種愛撫，以安慰她對他錯誤訓斥的怪罪。把他的手放到自己的乳房上邊，還用自己細膩的手指去撫摸他的手背，這個往日慣常的細節，事實上正是對吳大旺在性事上魯莽的默認和鼓勵。得到了鼓勵，也就給他內心那種莫名的抱恨和積怨，真正打開了一個噴射的缺口。他就那麼讓自己的手貼在她

硬挺鬆軟的左乳上，又讓她隨意地摸着自己的手背，上下搓動，來來往往，這樣搓了一陣，又搓一陣，他像孩子樣眼角有了淚水，用牙齒咬一會自己的嘴唇，他就突然又一次不管三七二十一地，把她抱了起來，踩着玻璃和毛主席語錄走到床前，像扔一袋麵粉樣把她半扔在床上，開始粗野地去解着她的衣扣。

她也就一任他的粗野和放肆，由他把自己的衣服扒個淨光，聽從着他每個動作的指令，仰躺在了床上，兩腿舉在半空。而他就站在床下，粗野而猛烈地插入之後，瘋狂地動作起來，每次進出，都滿帶着報復的心理，有一種復仇的快感。而正是這種心理和快感，使他內心深處那種深藏不露的征服的慾望，如同一個不會打槍的士兵渴望能夠統師千軍萬馬的荒唐意願得到了實現一樣。他以為，自己畜牲樣的這種即興想來的性事的姿勢和瘋狂，正是對她的一次極大的污辱，可始料不及的卻是，這個姿式和牲畜般的粗野，卻給他們彼此都帶來了前所未有的奇妙。事情的最後，她不是如往日樣從喉嚨裏發出快樂難耐的叫床的呻吟，而是突然間毫無顧忌地放聲大哭起來。她的哭聲血紅淋淋，清脆裏含着黯啞，完全沒有了先前她南方女人嗓音的細潤和柔嫩。而當他聽到她突然暴發出的哭聲，先是冷驚地怔住，之後他就從她的哭聲中感受到了小人物打了大仗的勝利和喜悅，感受到了征服她的慾念的最終的實現，

甚至感受到了她在哭聲中對他的求救給他帶來的從未有過的滿足。於是，他就變得更加瘋狂粗野，更加隨心所欲，更加違背章法而自行所事，不管不顧，直到事情的最後，他大汗淋漓，感到從未有過的疲勞和兩腿的酸軟，完全癱倒在地上，一任自己的聖物沒有廉恥地裸在那一束明亮的窗光下面。

　　而她，這當兒並不知什麼時候停了哭聲，只是順手拿起一個枕頭遮住腿間的隱秘，其餘身上的每個部位，都和他一樣裸在外面。他們一個在床上，一個在床下，被大腳踩了的毛主席語錄和那片玻璃凌亂在他的身邊，像被有意扔掉的垃圾。他橫七豎八地躺着，並不去看她一眼，只望着天花板一動不動。她也一樣地望着天花板一動不動，不去看他一眼。彼此性事之後的惘然，鋪天蓋地地佔據着他們大腦裏的各個縣市和每一個角落村莊，突然到來的人生中無所依存的空虛，像看不見的蒼白，堆滿屋子裏每一處的空間，使得他們感到沒有壓力的憋悶和飄浮的虛空，想要把他們一道窒息過去。

　　時候已近午時，從窗子透過的陽光裏，有金色的塵星在上下舞動，發出嗡嗡的聲音，宛若蚊蟲的歡歌。從營院裏傳來的麻雀和班鳩的叫聲，叮叮噹當地敲在窗櫺上，而疲勞的知了，偶而有了一聲叫喚，則短促而嘶啞，如同孩

子們突然響起、又突然停下的哭鬧。他們就那麼靜靜地躺着，讓時間的流動，也在他們的安靜中顯出一種少有少見的疲態來。

不知過了多久，她沒有扭頭地問了他一句，幾點了？像和天花板說話一樣。

不知道，他也沒有扭頭地答了一句，像回答天花板的問話。並且又說，你餓了？

不餓，她說，小吳，我們成了畜牲。

他說，管他是不是畜牲。

她說，你從哪學來的這套花把戲？

他問，什麼花把戲？

她說，剛才的那個樣兒呀。

他說，我有滿肚子的怨恨，想解恨就忽然想出那樣的恨法兒。

她問，恨誰？

他說，不知道。

又問，是恨我？

他說，不是。好像不是。

她說，我也恨。

他問，你恨誰？

她說，說不清，就是有些恨。

靜了一會，她默默地坐起來收拾了身子，穿上衣服，重又躺在床上，說營房都空了，我真想把咱倆鎖在這樓裏，誰也不穿衣服過上一輩子。

他問，你已經穿上衣服了？

她說，嗯。

他說，師長什麼時候回來？

她說，你別管。師長一回來我就讓他替你解決你所有的問題。

他說，不用過一輩子，我就想在師長回來以前，咱們三天三夜不出門，吃在屋裏，拉在屋裏，誰都赤身裸體，一絲不掛。然後，師長回來了，我就不幹這炊事員兼公務員了，回到連隊裏，幹啥兒都行，解決不解決我的問題不管它，橫豎不幹這公務員和炊事員的工作了。

她說，為啥？

他說，我敢見師長嗎？我有臉見師長嗎？我不想活了嗎？

爾後，就都沉默下來，沉默得堆分積秒，月深年久，山深海闊，等她又開始說話時，他以為她會說些有關師長回來之後她對他們事情的安排和對一些注意事項的交待，可是，她卻問他說，你上市裏都買了啥？

他就答了油鹽醬醋的話。

又問，能吃多久？

他説一個月也吃不完。

她就忽然從床上坐了起來，用手梳着麻亂的頭髮，站在屋裏看一會他四仰八叉的裸體，孩子樣彎腰拔弄一下他那軟塌的聖物，笑着朝樓下走了去。

他不知道她要下樓幹啥，聽見她的腳步聲從一樓又到了樓外，忙從地上起來，扒着窗口，看見她手裏拿了一把鐵鎖，在院落的門外站了一會，確認樓外的道上沒有了來往的士兵，也沒有其他首長家的家屬人員，整個首長大院裏都空無他人時，她從門外回來，關上院落裏的兩扇鐵門，把雙手從鋼筋的縫裏伸到門外，在外面將門鎖了，製造了一個一號院裏主人和公務員都不在家的假像後，回來就把前後樓門都給鎖上了。

前後的樓門都是暗鎖，在外邊並看不出家裏有人無人。這樣，一個愛情的陰謀也就完成了它的預設，剩下的事情就是他們開始躲在陰謀中間享受陰謀與愛情的快樂。他從窗口抽回身子，穿上衣服，結上扣子，等着她的到來。可待她從樓下上來時，他穿得齊齊整整，而她出現在他面前時，卻又脫得一絲不掛，玉條兒樣潔淨光亮。他們隔着門檻兒相互望着，她說，我把大門屋門全都鎖了。

他説，廚房裏米不多。

她説，我看了，櫃裏還有半袋兒麵。

他説，那就夠了。

她説，你脱掉啊，穿着幹啥？你看我。

他就又脱了衣服，索性把它們都收起來放了她的衣櫃裏，好像永遠都束之高閣，不打算再穿了一樣。彼此全裸下來，在大門和樓房的前門、後門鎖了，他們彷彿置身在人世之外的另外一個世界裏，有一種從未有過的放鬆，使他們感到了先前從未體會到的快活。他們摟抱在一塊，她想摸他哪兒了，就隨時隨意地去摸他哪兒，像一個母親去一個嬰兒身上摸來摸去。他想吻她哪兒，她就放任地由他去吻哪兒，就像他在吻着一個活的女人的塑像。一切都隨心所欲，無拘無束。累的時候，他們坐下歇息，不是她坐在他的身上，就是他把疲勞的雙腿翹起來放在她的腿上，或席地而坐，或隨地就躺，再或他把頭枕在她的大腿上。他剛剛理過髮，平頭，硬茬，他的頭髮紮着她大腿上從未見過日光的柔嫩，會使她有一種説不出的麻麻酥癢的舒服，而當他的頭稍一扭動，那癢就加重起來，她就會發出成熟女人的脆亮咯咯的笑。那笑由小到大，再由強到弱，最後就會引發了他一個男人隱藏着的許多本性，他就會開始在她身上動手動腳。她就會像返回到了十幾歲的少女一樣，在屋裏跑來躲去。到了跑不動了，被他捉住了，她就由他開始在她身上無頭無尾地做一次那樣的事情，由他在她身上耕雲播雨，顛鸞倒鳳，瘋狂得如放羊的孩子，在草地山坡上的肆意奔跑。

床，對他們已經沒有意義。她跑着，他追着，追到了哪裏，哪裏就是他們的床鋪。樓上、樓下、屋內、屋外、洗漱間、廁所裏，合併着的凳子上，被撞歪的沙發上，還有一級一個楞兒的台階上，無處不是他們的床鋪，無處不撒有他們男女之愛的歡歌笑語，無處沒有他們的情愛所至而播下的歡樂的種子。

第九章

　　劉蓮和吳大旺，已經在一號院裏光着身子過了三天三夜。人已經回到了他的本源。本源的快樂到了極致之後，隨之而來的就是本源的疲勞。

　　不光是肉體的疲勞，還有精神的和靈魂疲勞。

　　一號院落所處的地理位置，在首長院裏是那樣適合於他們本性中原始的揮發。前面，那條馬路的對面，是師部俱樂部的後牆，先不說師部大院已經人走院空，俱樂部裏每天都鎖着大門，使那些本就閑無它用的鑼鼓、銅器和一些專為毛主席有了最高指示、北京城裏有了重要會議或祖國大地的哪兒有了鼓舞人心、振奮民族的重大事件才拿出來使用的一些高級器樂，如那把嘴口比人頭還大的洋號，那支渾身是銅，沒有一絲竹木氣息的從哪買來的長笛等，還有那個鮮紅無比、肚子如缸的大鼓，它們都在俱樂部裏靜默悄息地坐着、躺着，如同死了一樣。既便有一天俱樂部的大門敞開，有人在那敲敲打打，因為那高大的紅磚厚牆，在師長家裏，聽那聲音也只是模模糊糊，隱隱約約。以此推論，就是俱樂部那邊有人，想聽到吳大旺和劉

蓮在樓裏的響動，自然也是難上加難，難於上青天。一號院的後邊，相隔着一片菜地、一片楊林，楊林那邊，是師部通訊連的連部。在師長家裏，從來沒有聽到過通訊連的聲響，那邊留守的士兵，不消說也就聽不到這邊的絲毫響動。而院落以東，除了有師長家的一片花地隔着之外，從院落外到大門口那段有三十餘米長的空地上，是有着地基，卻沒有房子的一片野荒。原來，上一任的師長曾想在那兒給師首長們單獨蓋一個有娛樂功能的會議室，專供首長們飯後在那看報、聊天、下棋、打乒乓。當然，需要開會時，每個首長足一出戶，也就到了會議室裏。可是，當現任的師長由副師長升任師長時，吃過飯和另幾個首長一道在那兒站一會，看了地形，問了情況，説毛主席説，艱苦的工作就像擔子，擺在我們的面前，看我們敢不敢承擔。擔子有輕有重。有的人拈輕怕重，把重擔子推給人家，自己揀輕的挑。這就不是好的態度。有的同志不是這樣，享受讓給人家，擔子揀重的挑，吃苦在別人前頭，享受在別人後頭。這樣的同志才是好同志。這種共產主義的精神，我們都要學習。

背了毛主席的語錄，師長走了，回了一號院落，去喝了新婚妻子劉蓮給他泡的晚茶後，那施工就雷厲風行、立竿見影地停了下來。於是那兒就成了廢院，長滿了荒草和小樹，就成了一片空地。空地邊、紅磚院牆外的哨兵，

事實上距離一號院裏有着幾十米的遠，只要他們不在屋裏撕着嗓子尖叫，哨兵就無法聽到樓裏的響動。而最近的西邊，和師政委家並排的二號院落，如同天賜良機，政委帶着部隊拉練去了，他的夫人真正地鎖上大門，帶着公務員回省會她的娘家光宗耀祖般地省親去了。

似乎一切都是天意。都是上蒼安排他們可以在一號院裏鎖門閉戶，赤身裸體，一絲不掛、無所顧及地大膽作為。他們沒有辜負這樣的天賜良機，二天三夜，一絲不掛，赤身裸體，足不出戶，餓了就吃，累了就睡，醒了就行做情愛之事。然而，他們的身體辜負了他們。疲勞的肉體使他們在三天三夜中，沒有讓他們獲得過一次三天三夜之前他們獲得過的那次野莽之愛的奇妙和快活。既便他們還如出一轍般和三天前一樣，她依然仰躺在床，雙腿伸向天空，而他則站在床下，他也沒有了那樣的激情和野蠻。就是他們彼此挖空心思，禪精竭慮，想到各式的花樣與動作，他們也沒有了那一次的瘋狂和美妙。

失敗像影子樣伴隨着他們每一次的愛事。

當因失敗帶來的疲勞，因疲勞帶來的精神的乏累，使他們不得不躺在床上睡覺時，她說你怎麼了？

他說，我累死了。

她說，你不是累，是你不再新鮮我了。

他說，我想穿上衣服，想到樓外走一走，那怕讓我到樓後菜地種一會菜回來再脫了也行。

她說，行，你穿吧，一輩子不脫也行。

他就從床上爬起來，到了她的棕紅的衣櫃面前，打開櫃門，拿起軍裝就往身上穿起來。這個時候，發生了一椿意外。是一椿比毛主席語錄的標語牌掉在地上被人踩了更為嚴肅、更為重大的意外事件，堪稱一椿具有反時代、反歷史、反社會，反政治的政治事故。他在伸手去櫃裏抽着自己的軍裝時，竟把毛澤東的一尊石膏像從櫃裏帶了出來。那尊全身的石膏像，砰然落地，粉身碎骨，一下子滿屋都是了四分五裂的石膏的碎片。從脖子斷開的毛主席的頭，像乒乓球樣滾到了桌子邊，掉下來的那塊雪白的鼻頭兒，沾着灰土，如一粒黃豆般落在了屋子的正中央。

屋子裏充滿了熟石膏的白色氣味。

吳大旺僵在那兒，臉色被嚇得半青半白。

劉蓮忽地從床上坐了起來，她驚叫一聲，突然就朝桌子角上的電話跑過去，到那兒一把抓起耳機，喂了一下，就問總機說，保衛科長去沒去拉練？

吳大旺聽不見耳機裏有什麼樣的回話，他彷彿在一瞬間明白了事態的嚴重，盯着劉蓮猛地一怔，從心裏罵出了婊子兩個字兒，便丟掉手裏的軍裝，衝上去就把劉蓮手裏的耳機奪下來，扣在電話上，說你要幹啥？！

她不回答她要幹啥兒，也不去管他臉上濃重的青紫和慍怒，只管掙着身子，要去搶那耳機。為了不讓她搶到電話耳機，他把赤裸的身子擋在桌子邊上。她往桌子裏不言不語地擠着撐着，他朝外邊呢呢喃喃地說着什麼，推着她的身子，抓住她的胳膊，不讓她靠近電話半步。他們就那樣推推搡搡，像是撕打，又不是撕打。他不知道她會有那麼大的勁兒，每一次他把她推走，她都會如魚兒樣從他手下或胳膊彎兒裏掙脫滑開，又往桌前撲着抓電話。最後為了徹底地讓她離電話遠一些，他就把她抱在懷裏，像抱着一隻掙着要飛翔的大鳥，待把她抱到床邊時候，為了把莫名的恨怨全都泄在她身上，他完全如扔一袋無用的垃圾樣把她扔在床上之後，還有腳尖用力踩着地上碎了的石膏片兒，嘴裏說着我讓你打電話，我讓你去找保衛科。我讓你打電話，我讓你去找保衛科。重複着這兩句話，他把地上的石膏片兒踩着撐着，全都撐成了粉末，最後把光腳落在那乒乓球樣的毛主席的石膏頭上時，他把上下牙齒咬了起來，用力在地上轉動着腳尖，正撐一圈，又倒撐一圈，邊撐還邊說，劉蓮，你這無情無義的東西，你去報告呀，你去給保衛科打電話呀。說着撐着，正正反反，盯着坐在床邊赤裸的劉蓮，待腳下的石膏都成了粉末時，沒什麼可以再踩再撐時，他發現他這麼長時間的暴怒怨恨，卻沒有聽見劉蓮嘴裏說出一句話兒。他有些奇怪，靜心地看她時，

卻發現她的臉上沒有絲毫的因發生了政治事故帶來的驚異，而且還是和往常他們要做性事之前一樣，專心地看着他的聖物，像看一件奇妙無比的寶物似的。他看見她安靜地坐在床沿，臉上充滿了紅潤的光澤，眼睛又水又亮，盯着他的那個地方一動不動，像發現了什麼嶄新的秘密。

他低頭看了看自己。

直到這個時候，他才發現他們一絲不掛地推推搡搡，彼此磨來蹭去，狂怒和怨恨使他們獲得了三天三夜都不曾有過的熱烈和激情。他看見自己的兩腿間，不知從何時悄然挺撥而起的聖物時，那心裏對她的怨恨不僅沒有消去，而且為他是那樣的憤怒，而她卻可以冷眼旁觀地看着他，像看一隻公園裏獨自發怒的猴兒在假山上跑來跳去，而更加對她充滿莫名的仇怨和惱怒。盯着悠然的劉蓮和她臉上令人激動的紅潤和興奮，他沒有減退對她無情的仇怨，反而更激起了他內心深處對她固有的積恨。事情的結果，就是他採用了在這種條件和情景中最好的復仇般的愛事的方式。以瘋狂的愛情，作為復仇的手段，使他又一次完全如同林地的野獸，帶着強暴的色彩，抓住她像抓住了一隻小鳥，讓她雙腳落地，背對自己，爬在床上，他從她的身後，狂野地做起了野獸般的性愛的事兒。

這一次，和上一次一樣，她在他的身下，又一次痛快地放聲大哭起來。

在哭過之後，她面帶笑容，回身蹲在地上，用嘴唇含着他的物兒，仰頭用汪汪水亮的目光，望着他的臉說，是我把那石豪像放在了你的衣服下面，我知道你一穿衣服，那像就會掉下碎的，就故意放到了你的軍裝下面。

他聽了她的話，本應以受到戲弄為由，揪着她的頭髮，既便不打，也要怒而喝斥。可是，他怔了一下，卻捧起她那妖冶動人的少婦的臉，看了半天，又吻了半天，深情地叫了一聲劉姐，說我剛才還在心裏罵你婊子，你不會往心裏去吧。

她朝他搖了一下頭，臉上不僅沒有生氣，而且還掛着燦然的緋紅和深情的感激。那個時候，外面的天氣曾經落過一場小雨。雨後的天空，高天淡雲，豔陽普照。屋子裏明亮燦爛，充滿近秋的光輝。她坐在床沿上，赤裸而又端莊，臉上平靜安詳的笑容，是一種金黃的顏色，而在那金黃、安詳的笑容背後，又多少透出了一些只有少女才有的潤紅之羞，和只有少婦才有的因小伎小倆而獲勝的滿意和得意，使得她那本就年輕漂亮的橢圓的臉上，閃着半金半銀又類似瑪瑙般的光芒，如同菩薩又回到了她年輕的歲月，端莊裏的調皮和只有調皮的少女才有的那種逗人、動人的表情，宛若白雲背後半含半露的一片霞光。一面是萬里無雲的潔淨天空，一面是萬里之外的一朵白雲後的豔

紅，這就顯出了安詳、端莊中更為令人親近的情懷和渾身赤裸、一絲不掛中的偉大與聖潔。

她就那麼靜靜的坐着。

他就那麼木然地立在她的面前，看着她像一個孩子在看一尊裸女的聖像。有那麼一刻，屋子裏安靜無比，似乎世界已經消失，連他們也已不再存在。愛事之後，他們身上勞累的汗水還沒有徹底落去，而緩緩浸流在他們身上的汗液，在那安靜中發出月過樹梢般的細微的響音。從她身上散發出來的如同被籠蒸過的雪白的汗味，和從他身上散發出來的如同被河水煮過的帶有泥黃的汗味，在屋子裏混成了白多黃少的一種鹽香的味道，還有幾天間不開門窗的一種被焐過的從家具和牆壁上散發出的熱嘟嘟的半腐的味道，這都使得那一刻鐘在他們之間，顯得陳舊而又新鮮，短暫而又永恆。

在那一刻裏，他望着她，她也望着他，不知為何，她就流出了淚水，他也就跟着流起了淚水，彼此就突然淚流滿面，彷彿在他們麻木的內心深處，瘋狂的性事，喚起了他們都不曾注意過的偉大的愛。彷彿，他們都早已在潛深的內心裏，意識到隨着他們彼此開始感受到的二人不可分離的愛情，其現實的結局，必然是天南地北或天空地下的勞燕紛飛，各奔東西。歡樂沒有結局，而痛苦總是提早

到來，這是人們共同的遭遇和感受。沒有人說一句話，也沒有誰有一個動作，彷彿無論他們誰首先有一言一動，這一刻就會戛然而止，轟然結束。他們就那麼無言地流着淚水，彼此相隔二尺遠近，一個坐着，一個站着，淚水落在地上，發出砰然的響音，像樓簷上的大粒滴水，從半空落在地面的磚上。這樣靜靜地哭了一會，他就往前挪了一步，如同受難的孩子，跪在了她的面前，把頭擱在了她的大腿上，讓他熱燙的眼淚，從他的臉上，滾在她的腿腰，又順着腿腰、小腿，渠道樣流在地面。她把她細嫩的手指，漫無目的地插在他的短髮裏撫着抓着，也一任自己的淚水，滴在他的頭上、額上，又流在他的臉上，和他的淚水混在一起，再流到她的身上。就這樣哭了一會，她慢慢捧起他的臉來，看一會兒，親了一下，冷丁兒問他一句，說小吳，你想不想和我結婚？

他說，想。

她卻又說，我也想，可這是不可能的事呀。

他就抬頭靜靜地望着她，用目光問她為什麼。

她就答他，說你忘了我丈夫是你的師長了？

她說的輕淡平常，就像說一件忘了放在哪兒的東西，可他聽了這話時，眼裏的淚水就慢慢止住，彷彿突然得到了提醒，使他想起了什麼，使那淚水一如風箏斷線樣徐徐緩緩地隨風而去，只留下已經空空的線轉兒，而且他的望

着她那原來悽然溫暖的目光，也慢慢變得有些生硬起來，臉上的尷尬，凝成了走在路上認錯了人後的模樣。

他說，你也不想離開師長是不是？

她說，想，可這可能嗎？

他說，有啥不可能？

她說，他是師長呀。

他說，師長前邊的妻子不是離了婚嗎？

她說，那是她傻。

他說，你捨不得師長？

她說，就算吧，反正我不會離婚的，只要你有想和我結婚的想法我就滿意了，我就會說到做到，千方百計讓師長給你提幹，把你媳婦、孩子從山區農村調到城市裏。你想要啥兒，有什麼條件，我都會滿足你。

這個當兒，他們已經說了許多話，彼此的眼淚，都早已流盡。他們誰也沒有注意自己是什麼時候止了淚水，愛情的波濤什麼時候在各自的內心開始逐漸地退潮，一種偉大的神聖，開始變得日常起來，就像一塊聖潔的白布，終於踏上了成為抹布的旅途。或者說，一張白紙上，開始有了不為繪畫而精心表現的隨意的塗抹。墨跡的顏色，已經取代了白紙的光潔，成為白紙的主角。吳大旺並不為劉蓮的話感到過度吃驚和不敢相信，只是自己明明知道事情必然如此，可又總是在內心裏的某一瞬間，幻化出不可能的

美好景象，往往以這種幻化去取代對未來實在的設想。而現在，兩個人的淚水都流了許多，誰也不會懷疑彼此獻給對方的某種真誠裏有太多的虛假，只是在面對現實時，都不得不從浪漫中退回到日常的實際中來。退回來了，就都又變得具體而又實在，雖不如流淚時動人可愛，卻更為鮮活鮮明，更為具體生動。為了在現實的無奈中挽住剛才那動人的時刻和彼此對愛情真誠憧憬的美麗，吳大旺變得有了些學生們那不甚成熟的深沉模樣。他從地上站了起來，後退幾步坐回到了桌邊的椅上，一如剛才樣深情脈脈地望着沒有原來神聖卻和原來一樣引逗人心的劉蓮，有幾分倔強地說，劉姐，不管你對我咋樣，不管你和師長離不離婚，給我提不提幹，調不調我媳婦、孩子進城，我吳大旺這一輩子都在心裏感激你，都會在心裏記住你。

顯然，吳大旺這幾句內心的表白，沒有收到他想要收到的效果。劉蓮聽了這話，又一次抬頭莊重地望着他，默了片刻，在床沿上動動坐僵了的身子，笑了一下說，小吳，你的嘴變甜了，知道哄你劉姐了。

吳大旺就有些急樣，睜大了眼睛，說你不相信？

她像要繼續逗他似的，說對，鬼才相信。

他就更加急了，又無法證明自己內心的忠誠，便左看右看，最後把目光落在地上被他弄碎後、又用腳擰碾成末粒的毛主席的石膏像粉，說你要不信，可以隨時去保衛科

告我，說我不光弄碎了毛主席像，還用腳故意碾碎這像的石膏片兒。說你告了我，我不是被槍斃，也要去監獄住上一輩子。

劉蓮便看着急出滿頭汗水的吳大旺，為了證明自己，還用腳再次踢了踢地板上的石膏像粉。可待他抬起頭時，她的臉上變得也一樣有些堅毅，一本正經。

她望着他說，小吳，你忘不了我，你以為我會忘了你嗎？

他說，你是師長的媳婦，你忘了我，我也沒法兒你。

她說，你想要我發誓嗎？

他說，嘴裏的話，大風刮，發誓有什麼用。

她就忽地從床上坐起來，瞟了一眼桌裏牆上貼的毛主席的正面像，猛地過去一把把那像從牆上揭了下來，在手裏揉成團兒，又撕成碎片，甩在地上，用腳踩着踩着，說信了吧？信了吧？不信你也可以去保衛科告我了，我們兩個都是學習毛主席著作的積極分子，我們兩個都弄碎了毛主席的像，我們誰告了誰，誰都是現行反革命分子了，可你是無意弄碎了毛主席的石膏像，我是故意撕碎了毛主席的像，我是大反革命分子，你是小反革命分子，現在，你吳大旺信了我劉蓮一輩子心裏有你的話了吧。

她極快地說着去看他，卻看見他臉上被她的舉動驚出的一臉蒼白。顯然，他不僅信了她的愛情表白，而且還

被她自己把自己送上大反革命分子的舞台的舉動所震憾和感動。為了向她進一步表白自己愛她更勝過於她愛自己，吳大旺扭身把臉盆後邊牆上掛的毛主席語錄撕下來，揉成團，又踏上一隻腳，說我是特大的反革命分子，要槍斃該槍斃我兩回呢。

她就在屋裏四處找着看着，看見了放在寫字台角上的紅皮書《毛澤東選集》，上前一步，抓起那神聖的寶書，撕掉封皮，扔在地上，又胡亂地把《毛澤東選集》中的內文撕撕揉揉，最後把寶書扉頁上的毛主席頭像撕下來，揉成一團，踩在腳下，盯着他說，到底是你反動還是我反動？

他沒有立馬回答她的問話，而是瞟了一眼凌亂的屋裏，幾步走出臥室的屋門，到樓梯口的牆上，摘下那塊上邊印着林彪和毛主席的合影、下邊寫着大海航行舵手的語錄的彩色鏡框，一下摔碎在地上，又彎腰在地上用指甲狠狠摳掉那兩位偉人畫像上的眼睛，使那張偉人的合影上，顯出了四個黑深的洞穴，然後直起腰來，望着屋門裏的她說，劉姐，你能比過我嗎？

她就從屋裏走了出來，說了一個能字，快步走到掛有許多地圖的師長的工作室裏，氣喘噓噓地搬出了和真人大小不差多少的一尊鍍了金色的毛主席的半身塑像，而且手裏還拿着一個精美的小錘，她把那金色塑像擺在吳大旺

的面前，用錘子一下敲掉了塑像的鼻子，向他說我比過你了嗎？

他不答話，不知從一樓哪裏弄來了一枚毛主席像章、一顆釘子，到她面前用錘子把那釘子砸到了那像章上的鼻樑裏，然後，他抬頭望着她，算是對她做了回答。

她也就跟到一樓把家裏一個醫藥箱上印的主席像上的眼裏各紮了一個大頭釘。

他把一個臉盆上的毛主席語錄要鬥私批修五個紅字上用毛筆寫上要自私自利五個黑字。

她找出兩個軍用茶缸，上邊都有毛主席的話，還有毛主席的像，她把茶缸上的字、畫用毛筆胡亂一塗，扔在了每天用來洗她的下身的一個瓷盆裏。

最後，一樓的客廳裏，房間裏，牆壁上，所有的盆盆罐罐、箱子椅子，凡與毛澤東和革命偉人有關的東西都被他們一網打盡，燒殺掠搶，毫毛未剩後，劉蓮在屋裏轉了幾圈，再也沒有找到一像一物一句話，就突然跑到廚房，摔了所有印着毛主席語錄的碗。

他砸了印有毛主席話的新鋁鍋。

她又開始翻箱倒櫃，挖地三尺去找那些神聖莊嚴的器物兒，到末尾實在找不到時，她在廚房站了站，到餐廳就抓起了餐桌上那塊曾經成為他們情愛見證的為人民服務的

木牌子，舉起來要往地上摔着時，他上前一步捉住了她的手，一把將那木牌奪下來，又小心地放在餐桌上。

她說，小吳，這可是你不讓我把它摔個稀巴爛。

他說，對，我要留着它。

她說，留它幹啥呀？

他說，不幹啥，就想留着它。

她說，那你得承認我是天下第一的反革命，最、最、最大的臥藏在黨內的女特務，埋藏在革命隊伍中威力無比的定時炸彈，得承認我劉蓮愛你吳大旺勝過你吳大旺愛我一百倍。

他說，非要這樣說？

她說，不這樣說我就摔碎它。

他說，那好吧，我承認。

她說，你得把我說過的話說三遍。

他就說了三遍你是天下第一的反革命，最大最大的臥藏在黨內的女特務，埋藏在革命隊伍中威力無比、勝過氫彈、原子彈十倍的最大的定時炸彈。說了三遍後，又說了三遍劉姐，你喜愛我小吳勝過我小吳喜愛你一百倍，一千倍，一萬倍。

說完了，他就那麼靜靜地看着她。

她也紋絲不動地立在那兒望着他，彼此的眼裏又都有了淚。

黃昏的光亮模糊如摻了泥土的渾水，和他們各自的身上一樣，沒有一絲一片的潔淨和清白，可伴隨着黃昏到來的夜風，卻充滿涼爽和快意，從門縫吹進來，如水樣澆在他們的身子上。砰砰啪啪的摔打之後，到來的安靜顯得深邃而神密。外面最後歸巢的鳥叫，婉轉嘹亮得如同田野上響起的少女的歌聲。他們就站在那深厚的靜謐和清麗的鳥叫聲中，含着淚，沉默着，彼此看得一覽無餘，天長地久。

　　在寂寥中，過了很長時間，如同四卷本的毛主席著作那樣厚重深長的光陰，在他們赤裸的身體間，流水樣由小溪到了湖海時，她擦了一把淚，說我的男人喲，我餓了。

　　他也擦了一把淚，說我的媳婦呀，我這就去給你燒飯吃。

　　她卻又說，好男人，我渴了。

　　他就說，好媳婦，我去給你倒水喝。

　　她說，我身上還有些涼。

　　他說，你穿衣服嗎？

　　她說，不穿，死了都不穿。

　　他說，那咋辦？

　　她沒說怎麼辦，只把為人民服務的牌子朝餐桌邊上拿了拿。

　　他便過去抱着她，像抱着一個累極了、渾身都已癱軟的小妹樣、孩子樣，慢慢地朝樓上的臥室走過去。落在樓

梯上的腳步聲，如同無力的大木槌，落在一面陳舊、空洞的大鼓上。地上濃重的狼藉，被他的腳步踢得吱哇嘰咕，橫豎亂飛。

第十章

　　那一夜，他們就睡在那一片神聖的狼藉上，連前所未有的淋漓快活的愛情之事，也是在地面的一片狼藉上順利地進行和完成。他們沒有想到狼藉，會給他們以無窮的力量，就像沒有想到，垃圾中能開出鮮豔的花朵，然在極度的快活之後，隨之而來的疲勞如同暴雨樣襲擊了他們。他們很快就在疲憊中睡了過去，然後又被饑餓從夢中叫醒。吳大旺儘管兩腿發軟，他還是要嚴格地履行那全心全意為人民服務的一種職責，去為她和自己燒飯時，才發現屋裏沒有了一根青菜，這就不得不如同毀掉聖像樣毀掉他們那七天七夜不開門出屋的山盟海誓。好在，這已經是七天七夜的最後一夜，離天亮已經不會太久。他知道她還在樓上睡着，想上去穿條短褲，到樓後的菜地撥些菜來，可又怕擾亂她的睡意，也就那麼赤裸着身子，慢慢開了廚房後門的暗鎖。

　　打開屋門時，月光像一塊巨大的玻璃，嘩的一下砸在了他身上。天空潔淨碧藍，連一絲遊雲都沒有的純潔讓他有些始料不及。從廚房走出來，看見銀白的月亮裏，散發

着金黃金紅的光芒，懸在天空，無牽無掛、不沾不連時，吳大旺忽然擔心月亮隨時都會掉下來。

害怕月亮從天空掉下來，在吳大旺已經不是第一次。第一次擔心月亮從空中砰然地掉落到地上，是在他的父親病逝時，第二次是在他新婚那天的半夜裏，他模糊感到婚姻的沒有意義時。現在，他又有這種感覺了。他不知道這次突來的感覺，在他的命運中預示着什麼樣的人生和不測。

走在菜地的路道上，吳大旺感到了過度的勞累和疲憊，兩腿軟得似乎走路都如了瓣蒜樣。可吳大旺在這個月色夜晚，在不祥的預感中，卻還是感到無比的輕鬆和快活。內心的充實，如同裝滿金銀的倉庫。仔細想想，他還能奢望什麼呢？一個副營職軍官，師長的夫人，揚州城裏長大的姑娘，漂亮動人，説話悦耳，還和他一樣是師裏老牌的典型模範，學習毛著的積極分子，不僅在師長不在時和他夫妻了兩個來月，還赤身裸體地和他在樓裏分秒不出屋門地度過了七天七夜。他從她身上看到了全世界的女人身上存在的所有妙處，體會到了一輩子做夢都夢不到的激越和快活。除此之外，她還答應要千方百計地幫他提幹，把他的老婆、孩子從那草都不長的窮鄉僻壤，調到他夢寐以求的城市裏，讓他最終實現成為城裏人的天堂之夢。

雖然對於老婆隨不隨軍，他已經不像先前那樣急切緊迫，可想到他和趙娥子生的那個嬌乖的男孩兒，他還是想

讓她儘快把他們母子調到城裏來，把他提為軍官，穿上只有幹部才能穿的四個兜的斜紋厚布的綠軍裝。

實話說，兩個月前，說吳大旺想要提幹是為了兌現他向趙家許下的諾言的話，在兩個月之後的今天，他想要提幹，已經與那諾言沒有太多的關係。提幹，已經轉化成他想在部隊久遠服役，和劉蓮長相廝相守的一種模糊的隱秘。可是，命運中新的一頁就要揭開，情愛的華彩樂章已經演奏到關閉大幕的最後時刻。隨着大幕的徐徐落下，吳大旺將離開這一號院落，離開他心愛的菜園、花圃、葡萄架、廚房，還有廚房裏僅存的那些表面與政治無關，沒有語錄、偉人頭像和革命口號的鍋碗瓢盆、筷子菜袋。而最為重要的，是要離開已經完全佔滿他的心房，連自己的每一滴血液，每個細胞中都有她的重要席位的劉蓮。現在，他還不知道這種離別，將給他的人生帶來何樣的變化，將在他內心的深處，埋下何樣靈魂苦疼的伏筆。不知道關於他的故事，將在這裏急轉直下，開始一百八十度的調向發展。不知道人生的命運，總是樂極生悲，在短暫的極度激越中，總是潛伏着長久的沉寂；在極度快活中，總是暗伏着長久的悲傷。

吳大旺現在就在這樣的渾然不知之中。劉蓮早已出現在了他的身後，穿了一件淺紅內褲，戴了她那乳白的胸罩，靜靜地站了一會，又神不知、鬼不覺地回到樓裏，拿出來一條草編涼席，還拿了一包餅乾，端了兩杯開水。這

一次從屋裏出來時，她沒有輕腳躡步，而是走得鬆軟踢踏。當她的腳步聲驚醒他對自然和夜色貪婪的美夢時，他扭過頭來，看見她已經到了近前，正在菜畦上放着那兩杯開水和餅乾。

他坐在菜地的一畦菜埂上，想起了他的職責。想起來她還在等着他的燒飯。他有些內疚地輕聲叫了一聲劉姐，說我一出來就給忘了呢，說你想咋樣罰我就咋樣罰我吧。

劉蓮沒有接他的話，沒有在臉上顯出不悅來。她臉上的平靜就和什麼事情也沒發生樣。不消說，在他不在樓內的時間裏，她已經把自己的身子重新打理了一遍，洗了澡，梳了頭，還在身上擦了那時候只有極少數人才能從上海買到的女人們專用的爽身粉。她從那樓裏走出來，似乎就已經告別了那驚心動魄的七天七夜。似乎那段他們平等、恩愛的日子已經臨近尾聲。她還是師長的女人，揚州城裏長成的漂亮姑娘，這個軍營，乃至這座城市最為成熟、動人的少婦。儘管她只穿了一條短褲，但已經和那個七天七夜不穿衣服、赤身裸體與他性狂瘋愛的女人截然不同，判若兩人。她後天的高貴，先天的動人，都已經協調起來，都已經成為她身上不可分割的一個部分。從樓裏出來，她沒有說話，來到白菜地的中央，很快把還沒最後長成的白菜撥了一片，扔在一邊，把涼席拿來鋪上，又把餅

乾和兩杯開水端來擺在中央，這才望着他說，小吳，你過來，先吃些餅乾，我有話要給你說。

他驚奇她身上那不易覺察的變化，比如她說話的平靜語調，而不是她穿的粉紅的鮮豔內褲，戴的乳白的繡花乳罩。

他不知道發生了什麼事情，但他知道，一定發生了什麼事情。

忽然間，他在她面前變得有些膽怯起來，不知是怕她，還是害怕那發生過的什麼事情。他望着那先自坐在涼席上的她，說劉姐，我也回去把衣裳穿上吧？

她說，不用。

他說，你都穿了。

她說，你讓我脫嗎？

他是想讓她脫掉的，可是他沒有說出那話。他發現在這寧靜、朦朧的夜空下，她穿了那兩件最為讓人想入非非的衣物，倒有了說不出的美。他聞到了在她身上散發着的如這個季節裏看不見的桂花的濃郁之香。他過去坐在她的對面，像孩子樣，有意用了一個姿式，把雙腿疊起來，蓋着了自己的聖物。他蓋着他的聖物時，她像大姐樣笑了笑，淡淡的，有些憂傷，然後就把幾塊餅乾抽出來，遞給他，說吃吧，到最後還是得我來侍候你。

他們就在那月光下吃着餅乾喝着水。乳銀色的光亮，水一樣灑在軍營裏和這樓後的菜園裏。吃完了，水也喝過了，她收拾了涼席上的碎末兒，把空杯子放到席外的菜棵下，望了一會天空說——

小吳，我可能懷孕了。

他聽見她說懷孕了，可在那一瞬間，他沒有弄清她說的懷孕的深刻內涵和意義，只是怔了怔，又問了一句你說啥？不知是劉蓮為他這輕淡的反應感到了驚奇，還是不願意把她說過的驚天大事再重複一遍。她扭頭乜了他一眼，又不言不語地仰望着無邊無際的月色與夜空，臉上不僅看不出生氣來，而且還有一絲他覺察不到的喜悅。她就那麼不言不語，臉上平平靜靜，望着天空，像在專心研究天空中的遊雲和皓月。天空的下面，有一股青白濃濃的味道在飄蕩。他知道，那是不遠處的一排幾畦兒的大蔥和韭菜的味。不消説，七天七夜沒有出屋門，沒有對那一畦韭菜動過刀，它已經長老了。這夜裏的辛辣的味道，多半正是從那一畦韭菜地裏飄散出來的。

吳大旺知道那韭菜該割了，再不割就老到不能吃的田地了。可當那辛辣的味道提醒他必須抓緊收割時，在這一瞬間，幾乎是同時，吳大旺靈醒到了劉蓮說的懷孕的複雜了。複雜到不能簡單用作風問題和政治問題來形容和概括，不能簡單地說大不了判我幾年來搪塞和充當男子漢。

情況的複雜，遠比我們常說的倫理、道德、文化、歷史、社會、政治複雜得多。它的複雜就在於它是這許多問題的混合體，而且還有偉大的愛情和深刻的性。當吳大旺意識到她說的懷孕的無與倫比的複雜時，前所未有的嚴重時，他的心裏響過了一聲驚蟄雷般的轟隆，使他這一夜在菜園中獲得的土地與自然給他帶來的濃郁的愜意和快活，轉眼間消失殆盡，蕩然無存。

他突然冷驚地從涼問，劉蓮姐，你剛才說啥呀？

她說，我什麼也沒說。

他說，你說了。你說你好像懷孕了。

她說，我是說我好像懷孕了，可我又不像懷孕的樣，對酸對辣都沒有一點反應呢。說我都是每個月的這個時候來月經，這個月卻連一點感覺都沒有。說不來月經有可能是懷孕，也有可能是咱們太瘋了，床上的事情太多了，使月經不太正常了，要推後幾天了。

她說得平淡無奇，解釋得模棱兩可。然她那不驚不奇的平靜態度，倒把他又從剛才突來的恐慌、緊張中解放了出來。說完話，她從涼席上坐起來，先是和他並着肩，後又半轉身子，和他臉對着臉，腳對着腳，膝對着膝，而且，她還孩子樣調皮地用她的大腳拇趾在他的腳面上摳了摳。為了回應，他也用拇趾去她那肉嘟嘟的腳面上踩了一下。到這兒，似乎一切警報都已解除，他們都已經可以回

到他們愛情的超常狀態。可是，在吳大旺有可能重新進入愜意異常的人生境界時，她卻又提出了一個更為複雜而現實的問題。

她又一次躺下來，說小吳，你也躺下來，我有幾句話要問你。無論你怎樣回答，都要給我說實話。

他說，你問吧，劉姐。

她說，你也躺下呀。

他就又一次和她並肩躺下來。因為先前的平靜，已經解救了他的恐慌與不安，躺下他挨着她渾圓的肩頭時，他的心理、生理都有了微妙的變化。他感到了她肌膚的光滑如同細水從他堅硬的肩頭上流了過去，聞到她身上爽身粉的味道，甜濃濃如這季節透熟的香瓜的味兒和蘋果的味兒。他有些奇怪，她已經在他身邊坐了、躺了這麼久遠，可他卻一直沒有聞到過他一直愛聞，卻又因為常聞而習以為常的爽身粉的味道。他感到那種濃郁的豔白色的香味，似乎因為夜露的浸入，而變得有些黏稠。因為黏稠，就又沾在周圍的菜葉上和腥鮮的土粒上，使那味道呈出淺淡肉紅的豔麗，在月光下、在他的周圍團團轉轉，飄飄旋旋，不肯離去。

他爬到了她的身上，有些哀求一樣，說劉姐，我想要你哩。

她說，你先下去，我有話要問你。

他就無奈的孩子樣從她身上翻身下去，把頭枕在她酥軟的胸上，讓他的右耳朵眼兒，對準着她右邊的乳頭。

她把他的頭搬了一下，放到一邊她的肚子上，有幾分深情地說——

小吳，我要真的懷孕了，你害怕不害怕？

他說，不怕。

她說，你不怕師長知道嗎？

他說，我倒真想讓師長知道哩。

她問，真知道了你咋辦？

他說，大不了把我送進監獄，只要不槍斃我，出來我就和你結婚。

結婚？她問他，怎麼結婚？

他說，師長知道了他還會要你嗎？不要你我們不就結婚了嘛。

她沒有回答他師長知道了他們的性愛之事會不會再要她，與她仍舊夫妻，使她依然享受師長夫人的榮譽與地位。而是接着他的話題，問了他一個一針見血、最為致命的問題。

她說，和我結婚，你願意和你媳婦離婚嗎？

他說，願意。只要你把她和孩子調進城裏，找個月月都有工資的工作，讓我孩子能在城裏的學校讀書就行。

她坐了起來，說要是不能把他們調進城裏呢？

他也坐了起來，說你能，這是我對人家寫過保證發過誓的事，你一定能。

她說，我是說萬一不能呢？

他說，哪有啥兒萬一，這事對你並不難。只要你把他們調進城裏，讓她和城裏人一樣月經來了也能用上衛生紙，我這一輩子就算對起他們了。你讓我離婚我就離婚，讓我結婚我就和你結婚。到那時如果師長不要你了，你又想讓我離婚，又不想讓我和你結婚，覺得我吳大旺不配你 —— 我知道我不配你，所以我就不敢想和你結婚的事 —— 可是不結婚，你又離不開我，我就離了婚，和誰也不結婚，也不去見我離婚的媳婦，你什麼時候想見我了，需要我為你服務了，或在我面前放那塊為人民服務的牌子，或在哪兒給我打個電話，我吳大旺會立馬出現在你眼前、你床邊。

說完了，他就望着她，像交了作業的孩子在望着老師的臉。

她也扭頭望着他的臉，似乎在判別他說話的真誠度。臉對着臉，彼此間只有幾寸的距離。借着月光，她看見他臉上沒有戲言，就把自己的臉送到了他的臉上，主動地親了幾下之後，又主動地解開自己的乳罩，脫掉自己的褲叉，把它們放到席邊最近的一棵菜上，坐在那兒，望着他一絲不掛的裸身和有些水濕的臉，又說了一句更為嚴竣、無奈和令人防不勝防、急迫而又急迫的話。

她說，小吳，師長的學習提前結束了，明天就要回來，這是你和我在一塊兒的最後一夜。這將近兩個月都是你為我好，為我服務，今夜兒，天快亮了，時間不多了，你想怎麼樣我你就怎麼樣我吧。說你就把我當成你鄉下的媳婦吧，想讓我怎麼樣你就直接對我說，讓我在這最後一夜裏，也為你服務，也對你好，也讓你盡心盡意，一輩子使你忘不了我劉蓮這個人，忘不了我劉蓮這個身。

她的話說得不輕不重，語調裏的真誠和悲傷，雖不是十二分的濃重，卻也使吳大旺能夠清晰地感受和體會。直到這時候，月亮已經東移得距軍營有了百米或百里，遠近無法算計，寒涼也已漸漸濃烈地在菜園中悄然降臨，連劉蓮嫩白的肌膚上都有了薄薄的淺綠淡青，肩頭、胳膊上都已生出一層雞皮疙瘩來，他才真正感受到了寒意的存在。而這種寒意，又多半是來自她告訴他師長明天就要回來的消息，少半才是月移風吹的天氣所致。

她已經躺在他的身邊，那樣從容，那樣自然，那樣的意隨人心。

他看着她，就像在看一張鋪在地上的巨大無比的人體裸畫，背景中的菜園和月光，是那樣逼真和切實，可在他眼裏卻都有些模糊起來，彷彿畫家着色時要假借模糊以突出人體的清晰和詩意。她就在那模糊裏，呼吸些微的急切，彷彿在等着一場愛情的雷雨閃電的到來。然而，他卻只是在那兒

坐着不動，拉着她的手，像害怕丟失的孩子在拉着母親一樣。不知道為了什麼，也難以說清為了什麼，他忽然想哭，也就有淚湧了出來。這是他在他們這一場不大不小，談不上偉大，但也決不能說是平凡的愛情劇目中，第一次首先由他落出淚來。不用說，從事情的開始，他就知道事情的結局，必然會是因為師長的回來而草草收場，關上劇之大幕。可是，儘管如此，他還是感到師長明天就回到家裏有些唐突，猝不及防，充滿道理得讓他無法接受。

他問她，師長來電話了？

她說，你一個人在這兒呆着時，沒聽到電話的鈴聲？

他確實沒有聽到電話的鈴聲。也沒有必要聽到那電話的鈴聲。然而，最重要的問題是，他似乎就沒有去思考在師長不在的時間裏，那電話鈴一共響過幾次，劉蓮在電話上都和師長說了什麼，如何搪塞了她和他的這場情愛故事。不該問的不問，不該聽的不聽，不該說的不說，這是他的職責。履行職責的慣性，使他疏忽了這一點，也正是這一點的疏忽使他在這幕大戲中獲得了更多的平靜，減少了許多提心吊膽的憂慮。可是，現在，他就不能不面對這種憂慮的到來，不能不在師長回來之前，做出一些不得不做的、二者必居其一的抉擇性舉措。

他說，劉姐，我想回家。

她問，什麼時候？

他說，明天，師長到家裏以前。

她坐起來，把他攬在懷裏，頭歪在他的肩上，説你怕了？有我在，你什麼都別怕，我會把什麼都安排得停停當當，和什麼都沒發生過一樣。這樣寬慰地説着，還不等他有什麼反應，可她卻又慢慢地變了主意，説走了也好，回去看看你老婆、孩子，在家多住些日子，由我給你請假，沒有你們連隊去信、去電報，你就在家裏住着不要回來。

說到這兒，從樓前的路上傳來了一串緩慢的腳步聲，由遠至近，隨後又由近至遠，直至逐漸消失。他們同時抬頭朝那兒望望，知道是換哨的士兵，待那腳步聲最終歸於寧靜後，他們也都又回到他們自己的愛與情、愛與性的情景之中。

他說，劉姐，我以後想你了咋辦？

她說，小吳，不是你想我了咋辦，是我忍不住想你了咋辦。到這兒，彷彿分離的憂傷已經包圍了他們，使他們誰都無法抵擋悲劇的降臨，掙脱哀傷的困擾，於是，就都彼此地依着，很自然地倒在了涼席上，彷彿他們因為對命運的無能為力，也就任同命運擺佈了；任由人生在命運的河流上，漂來漂去，或東或西，隨遇而安的心情，使他們變得對什麼都有些氣餒起來。

第十一章

吳大旺回他的豫西老家休假去了。

在一個多月的假期裏，他彷彿在監獄裏住了四十餘天。不知道師長回來以後，劉蓮身邊都發生了什麼難料之事，有何樣的意外。不知道部隊拉練歸來，連長和指導員，還有連隊的老兵、新兵會對他的消失有何種議論。他是依着劉蓮滴水不漏的安排，在那天的上午十點到的火車站門口，果然那兒有一個專為首長們出行安排臥鋪的車站軍代表在那兒忠心候着，把一張那時緊缺的普通臥鋪如現在緊缺的高新技術樣的車票塞到他手裏，再把一張特殊軍人通行證給他看了看，裝進一個信封交給他，交待說一路上要把文件保管好，要做到人在文件在，就是上廁所，也要保證文不離身，包不離手。

交待完了，那個瘦高的軍官就回他的軍代表辦公室裏了。只留下吳大旺孤零零地在火車站偌大的候車室裏。說起來，真正的孤獨就是從那個時候開始的，一如那時開始的人生與愛情的無奈。

迫於某種必須合情合理的世俗要求，劉蓮沒有來送他。劉蓮只把他送到一號院落的大門口。管理科派來的吉普車就在一號院門外等着他。他們在即將分手時，吉普車在門外響了幾聲催促的喇叭後，劉蓮往他手裏塞了二十張嶄新的十元的錢，説這二百塊錢你拿着，路上給你媳婦買兩套好衣服，再給你孩子買些玩具和吃的。他沒有接錢，朝她搖了一下頭，她就把那錢硬塞進了她為他收拾的只有裝文件資料才用的公文皮包裏。

然後，外面又響了兩聲喇叭的催促聲。

他哭了，淚像珠子樣滾在客廳裏，她就對他笑了笑，那笑瘦黃而慘淡，如他家鄉長在貧土崖上的野草花。他看着她的笑，過去拉了一下她的手，説姐，我以後還能見着你嗎？

她就把手讓他捏一會，又從他的手裏抽出來，説快走吧，車在外面催你了。

他就不得不轉身走掉了。

他希望她能出門去送他，卻又對她説，你就在這兒，別出門送我了。她就果真沒有出門去送他。然而，在他坐着那輛吉普車離開一號院落時，他看見她從樓門裏走出來，站在葡萄架下望着車窗裏的他，向他招着手，臉上依

然掛着的笑，再次如衰落的野黃菊花樣，悽楚的燦爛，永遠銘刻在了他的內心。

他沒有想到，他看到她的悽婉的笑容，會是她這一生長久留給他的不滅的印記。從火車站那一瞬間開始到來的深入靈魂的孤獨，到他在豫西耙樓山脈將近一個半月漫長的休假，給他以慰藉的就是那瘦黃、悽婉的笑。

他不知道，在這一個半月裏，他日夜服役了整整五年的那座軍營，正在發生着天翻地覆的事，一支曾有過赫赫戰功的偉大部隊，將從一個國家的軍隊建制中悄然消失，宛若一盆金湯銀液的水，將要消失在大海之中。他不知道，這支部隊的消失，將會改變着多少人的命運，而多少人命運的改變、沉浮和消沒，或多或少，直接或間接，都與他和劉蓮的情愛有關。我們不能說是他和劉蓮的愛情，殘酷地孕育了一個師的官兵命運的悲劇，但是，我們可以說，倘若沒有他與劉蓮那幕愛情大戲，許多人命運的閉幕和收場，將會是另外的形式和另外的時間、地點和景觀。吳大旺不知道，在他在家焦燥不安的日子裏，他以深刻的思念在和那支部隊發生着千絲萬縷的聯繫，而那支部隊，正在做着一件對他和他的故事有預謀、有計劃，而表現為出堂堂正正、光明磊落、悲壯而正義的共同進行遺忘的事情。

遺忘，將成為那座軍營所有故事的尾聲或開篇。

遺忘成了那支部隊在它從建制和世界中消失的最後工作的中心，而他卻還在朝思暮想地惦念着那座軍營，如同一個垂死的病人，在惦念自己最後的生命。這種刻骨銘心、痛心疾首的惦念最直接的表現，就是他在老家難耐的煩燥。而這因為對劉蓮的思念轉化成的在鄉村度日如年的難耐和煩燥，並不是日常生活的枯燥與寂寞。而是在日落黃昏之後，他再也無法像先前那樣面對自己的妻子，再也無法在與妻子同床時，能夠擁有那種鄉村婚姻的平常心。

　　說起他的妻子趙娥子，她也畢竟還是他的妻子。雖然她在愛情與性方面表現出了少有的木訥和笨拙，甚至在床上關鍵時候會説出、做出一些常人無法想像的言行與舉動，使得她內心深處的封閉與麻木，乃至某種不該有的荒唐與愚昧，始終影響着他們婚後性的和諧與情趣。可是，在他對她有了三點承諾後，答應要想方設法提幹後把她從鄉下調到城裏後，她也還是下決心努力由他行進了房床的事。自第一次有了房事之後，她雖還羞於那樣的事情，雖從來不會主動向他明顯示愛，求他給她一些肉體的歡樂，但一般在他有求於她時，她也多半能照顧他的情緒，時常也由着他的性子任意而隨意。尤其在他後來的休假中，只要他對她説我又進步了，立功嘉獎了，離提幹越來越近了，她就會笑着極其賢惠地在性上任由了他，會把自己的靈魂放在肉體中，以自己的肉體算做對他努力進步的犒勞

和獎賞，使他有機會像真的男人一樣在她身上瘋狂和癡迷，以求獲得歸隊後繼續努力進步的原動力。

而她最為突出的改觀和表現，是她任由他的性子之後，她也就不再在他面前有什麼遮和掩，熱了累了，也敢把衣服脫下來，赤裸裸地擎着自己的雙奶，在他面前走來又晃去。計算起來，結婚後的幾年中，吳大旺和她在一起廝守相呆的也不過兩、三個月，和他同劉蓮在一起呆的時間差不多。但那呆着的質量，卻是有着天壤之別。一個是把性做為有實在目的的肉體獎賞，另一個則是做為毫無所求的對人的精神與靈魂的回報。前者多是本能一種的顯示，後者則是因壓抑而爆發的靈魂的回歸與昇華。

然而現在，這昇華都已經過去，忽然間就已成為昨日的往事，只有在回憶中才會再次到來和顯現。

正是緣於這樣的原因，吳大旺從部隊回家月餘，竟然沒有動手碰過妻子一次，沒有對她有過絲毫的衝動。細究起來，妻子還是那個質樸的妻子，其長相雖不能和劉蓮相提並論，見識也不能與她同日而語，可畢竟還是比她小着許多。作為女人，她沒有劉蓮作為女人的許多優長，可也卻有着劉蓮所不具備的許多優點和特色。

比如，她決然不會讓他下廚燒飯，認為他親手燒飯了，那就是對她耳光樣的不滿。

比如，她決然不會讓他刷碗、洗衣，説他動手洗洗刷刷，倘是讓鄰人看見，她就會被視為不勤不賢。

可是，田地裏的活他卻也是要去做的，收玉米，捆玉米杆兒，耕地，播小麥，挑糞、施肥等，這些家外的農田活兒，他樣樣都腳勤手快。白天，田地裏的活他一樣未曾少過，可到了夜晚，該做的事情他卻少了許多。吳家溝是屬於伏牛山系的一個自然小村，座落在耙樓山脈間的一面山坡上，二十幾戶人家，一百餘口的村人，有集體的勞動，也有自家的活路。如在某一塊生產隊的田頭，開墾出一分、二分地的荒野，種上豆子、芝麻，或在河邊的一塊水灣灘地，種上幾棵白菜、蘿蔔，不期望它們能按照季節長成並豐收，只希望這些蘿蔔、白菜，能在一日三餐中起到飲食的調節。他就這樣，一天一天，幹活下地，向同村人介紹一些外面世界的日常見聞，到了月落星稀的晚上，妻子、兒子都已上床睡覺，他卻會在院落裏、山坡上，呆呆地看着軍營的方向，默默無語，癡癡醉醉，望得歲深月長。

有一次，睡到半夜時候，他的媳婦趙娥子，曾經用胳膊肘兒去碰他，試着問他怎麼了，他佯裝糊塗説啥兒怎麼了，她説你不想那樣的事情，是因為這半年在部隊沒有一點進步嗎？説想要我了你就要了吧，沒有進步以後努力就行了。

這是他們結婚以來她第一次主動地給他的鼓勵和暗示，第一次向他表示愛情和慾望。然而，當她如往日一樣把性愛和他的人生進步拴在一塊來說時，使他忽然明白，他的慾望恰恰如了被人使用來翻地耕作的鋤頭、鐵鎬一模樣，使他那本就對她因為劉蓮而降為冰點的愛到了零下多少度。

　　他沒有去動她，也沒有安撫她。他從床上坐起來，很高尚地說，以前我都給你發過誓，我要是不提幹，就決不回來動你的，可沒想到當了五年兵，我還是沒提幹。他藉以高尚的內疚，搪塞了媳婦對他肉體上含蓄的要求，然後從床上起來，來到院裏站一會，望着浩瀚的夜空不說話。時間正置為月中滿月，十五的月亮銀盤樣掛在天上。村裏人家，並不把月滿天空當作了不得的什麼事，而他卻在看到滿月之後，忍不住浮想聯翩，產生了許多對劉蓮的不再可能的非份之念，獨自到了村外山頂，望着明月，想着劉蓮，直到天將亮時，他的妻子出現在他的身後，叫着他的名字，說五更天了，你不回家睡覺呀？他才說了一句光明磊落、有如戲台上富有覺悟的人說的一句雙唇發光的話。

　　他說，唉，我想我們連隊了，覺得在家還沒有在部隊有意思。

　　然後，他就同她一道回家了。

在家一個多月的時間，要說並不算太長，可吳大旺已經變得坐臥不安，彷彿在家不是在家，而是出行他鄉了數月數載。看見家裏牆上掛的毛主席像時，他會神情恍惚，癡癡地盯着看上半響，卻沒有人知道他看着毛主席像時，在其內心的深處想了什麼。看見鄰居家裏桌上供有毛主席的石膏頭像，他會情不自禁地上前摸了又摸，愛不釋手，如同去摸一個少女靦腆的面容。看見鄉村的學生，拿着做教學課本的毛主席語錄路過樑上，他會橫腰攔着人家，要過人家的毛主席語錄，莫名其妙地翻看一陣，又莫名其妙地還給人家。看見幾十里外的鎮上那個中年郵遞員騎着自行車從村前走過，他會老遠在路邊候着，不等人家到了跟前，就撕着嗓子喚問——

喂——有我的信沒有？

人家喚答，沒有呀——

他又問，有電報沒有？

人家到了近前，說有電報我能不連夜送給你？

他就看着人家騎車遠去，又突然跑步追上人家的車子，拉着人家的後車架，差一點把人家拉翻在地上。

他說，真的沒信、沒電報？

人家就大聲地吼着說，你神經有病，不在部隊免費治療，你回家幹啥呀。

他就只好悻悻地看着人家，無奈地目送着人家越走越遠，直到那輛郵電藍的自行車成為一個白點，消失在秋末的豔陽裏，他還立在村口一動不動地朝着那個方向癡情張望。

終於，他就變得沉默寡言，可以除了幹活，一整天不和妻子兒子說上一句話，也就最終有了那麼十足荒唐的一天，他正在院落豬圈裏出着豬糞，不知從哪裏撿了一塊桐木木牌，木板上有為人民服務五個墨字，字後沒有毛澤東三個字的落款，沒有五星、麥穗和長槍，只有一片因風吹雨淋而漚爛的腐斑。他把那木牌拿來插在豬圈的糞牆上，每從圈裏往圈外甩一鍬糞，都要朝那木牌看一眼。到了把豬糞出完，往田裏挑糞時，他又要把那木牌掛在扁擔上。在田裏耕播小麥時，他再把那木牌插在田頭上。帶着孩子玩耍時，他就把那木牌掛在樹枝上。

有一天，那木牌從樹枝上掉下來，他的孩子在那木牌上踩了一腳，他竟一耳光打上去，在歲半的孩子臉上打出了五個豔紅的手印。事情至此，已經嚴重到了不能再讓他的妻子和村人大度容忍的田地。到了每一位善良的村人，覺得繼續忍讓，都是對吳大旺和他的家庭不負其責，也就仍然由村裏的老生產隊長出面，和他進行了一次意味深長的談話。

那是他在家裏剛剛住過一個月零九天時，他的妻子找到被她稱為大叔的生產隊長，吞吞吐吐地說出了一個令人費解的來自生命的細節。她說他從休假回來，不僅沒有和她有過男女之事，而且連摸她碰她一下也沒有。可到他撿了那塊為人民服務的木牌之後，就每夜都把那木牌插到床頭上，每夜都要和她有那樣的事情。而且做那樣的事情時，他不把她當人看，也不把自己當人看，完完全全和畜牲一模樣。

六十多歲的老生產隊長，似乎知道不把自己，也不把媳婦當做人看去做的那男女之事，該是什麼模樣，所以他覺得不能不出面解決這個難以啟齒的倫理、道德問題。

這一天，老隊長就找着他說了兩段言簡意賅的話。

隊長說，你假期滿了咋不回部隊呢？我是見過世面的人，知道部隊上休假都是一個月，可你已經回來一個多月啦，你是不是在部隊犯了錯誤被部隊開除了？

隊長說大旺啊，沒被部隊開除你就抓緊回部隊，有病了趕快回到部隊上治，在家裏缺醫少藥沒有錢，你這不僅害自己，也害娃子和娃兒他娘。

隊長說這話時，是在吳大旺家的院落裏，三間老草屋，旁邊還另有一間草屋做廚房。他正在把部隊的節能灶技術運用在那間廚屋裏，想壘出個和部隊上一模一樣煤灶

來，使這以燒柴為主、燒煤為副的家庭生活更為節約煤和錢。因為壘灶要和泥，和泥是在院落裏，他那塊寫着為人民服務的木牌就插在院裏的一堆黃土上。為了提高自己說話的嚴肅性，為了把那些難以啟齒的話兒明白無誤地告訴他，老隊長在說完那兩段話起身要走時，瞟了一眼插在那堆土中的木牌子，然後順腳一踢，就把那本已腐爛的桐木木牌踢飛了。

木片兒像落葉樣落滿一院子。為人民服務幾個舊墨字四分又五裂，七零又八落，如同是腐朽了幾千年的棺材板。

第二天，趙娥子的父親老會計從公社趕來了。那時候，老會計因為年齡已經大到沒有前程的地步裏，自己在公社幹了一輩子，不能把自己的幾個兒女中的任何一個從農村弄到城裏去工作，因此，他心裏的無奈和窩火便公然地寫在他那有了幾分蒼老的方臉上。到了吳大旺家，他沒有坐吳大旺給他搬的凳，也沒有喝女兒給他倒的水，而是和吳大旺對臉立在院落裏，靜靜地看了他半天，說了一句驚天動地的話。

他說，我真瞎了眼，咋會把女兒嫁給你。

然後，他從一個信封取出那張疊得完整，也保存完整的保證書，展開來在吳大旺面前，拍了拍他簽下的名，往他手上一丟，也就氣乎乎地走掉了。

回公社計算月底的伙食帳目了。

那張保證書就軟弱無力地從吳大旺的手裏落到了面前的沙土上，淡黃淡白和吳大旺那時呈出的臉色一模樣。

第二天，吳大旺就收拾了行李歸隊了。

第十二章

火車、汽車，還坐了一段砰砰砰砰的拖拉機，兩天一夜的艱難行程，並沒有使吳大旺感到如何的疲勞。只是快到營房時，他的心跳身不由己地由慢到快亂起來，臉上還有了一層不該有的汗，彷彿一個小偷要回來自首樣。

他往軍營裏走去時，秋陽在他頭上金黃燦爛，束束亮堂，熱暖的光芒，穿過路旁開始飄落的樹葉，一團團、一圓圓照得他眼花繚亂，使得他不得不抬手揉了揉眯着的雙眼。大門口的哨兵他並不認識，可看見他大包小包的探家歸來，竟忽的一個立正，向他敬了一個軍禮，很幽默地抑揚頓挫着叫了一句老兵好，這使他有些措手不及，不得不向他點頭致意，示意一下手裏提着行李，說對不起，我就不向你還禮了。

哨兵朝他笑了笑，連說了幾句沒事、沒事兒。接着又說了幾句讓他感到莫名其妙的話。

哨兵說，老兵，你是休假剛回吧？

他說，哎。

哨兵説，回來幹啥呀，讓連隊把你的東西托運回去就行啦。

　　他怔怔地望着那哨兵，像盯着一道解不開的數學題。很顯然，哨兵從他的目光中讀出了他渾然不知的疑問來，就對他輕鬆而又神秘地笑了笑，説你不知道咱們師裏發生了什麼事？説不知道就算了，免得你心裏酸酸溜溜的，吃了蒼蠅樣。

　　他就盯着那哨兵，問到底發生了什麼事？

　　哨兵説，回到連隊你就知道了。

　　他説，到底出了啥事嘛。

　　哨兵説，回到連隊你就知道了嘛。

　　他只好從哨兵面前走開了。

　　依照以往公務員們探家歸隊的習慣，都是要先到首長家裏報到，把給首長和首長家人帶的禮物送上去，向首長和家人們問好道安後，才會回到連隊裏。可是吳大旺走進營院卻沒有先到師長家，不言而喻的緣故，他微微地顫着雙腿從一號院前的大馬路上過去時，只朝那兒擔驚受怕地扭頭看了看。見落在師長家二樓臥室窗台上的麻雀在那兒悠然自得，不驚不恐，這就告訴了他，劉蓮不會馬上那麼巧地把那扇窗子推開來。也許她就不在那間屋子裏。説到底，她還不知道他從家裏回來了。走之前，她一再叮囑

他，沒有接到連隊歸隊的通知，他千萬別歸隊，可以在家安心地住。

可他歸隊了。

他首先膽戰心驚地回到了連隊裏。

到了連隊時，剛好兄弟營的一輛汽車從他面前開過來。汽車兩邊坐滿了着裝整齊的士兵，中間碼滿了他們的背包，而每個士兵的臉上，都是彆扭而又嚴肅的表情，似乎他們是去執行一次他們不願又不能不去的任務。而靠着吳大旺這邊的車廂上，則掛着紅布橫幅，橫幅上寫着一句他看不明白的標語口號——天下乃我家，我家在天下。

汽車在軍營裏走得並不快，如同人在步行，可到警務連的營房前邊時，司機換了擋，加大了油門，那汽車從步行的速度變得如同自行車。也就這時候，突然從汽車上飛出了兩個酒瓶子，如同手榴彈樣砸在了連部的紅磚山牆上，砰砰的聲音，炸得響如巨雷，接着還有士兵在那車上惡狠狠地罵了幾句什麼話，車就從他面前開走了。

他猛地怔住了。

這當兒，連隊通訊員好像知道發生了什麼事，他有備無患地拿着條帚、簸箕從連隊走出來，很快就把那碎玻璃掃進了簸箕裏。

他老遠叫了一聲通訊員。

可通訊員明明聽見了他的叫，還扭頭瞟了他一眼，卻又沒聽見樣往連部走過去。這讓吳大旺又開始心裏疑惑了。木呆着，想弄清一些令人迷惑的問題時，指導員適時地出現在了連部門前。不知道他出來幹什麼，他一眼就看見了吳大旺，快步地走過來，說吳班長，是你呀，我沒說讓你回來你就回來了？他邊說邊走，幾步上去，拉着吳大旺快速地進了他的宿舍裏，然後是倒開水，讓椅座，親自去水龍頭上給吳大旺接水洗臉，還把他平時捨不得用的上海牌香皂拿出來給吳大旺擦手洗塵。他的這一連串超乎尋常的熱情，使吳大旺剛才的驚慌又一次從心裏淡薄下去，那顆懸置的心，又緩緩地落實下來。之後，他簡短問了吳大旺在路上奔簸顛沛的情況，知道吳大旺還沒吃午飯，又立馬讓通訊員通知炊事班給他燒了一盆雞蛋麵。

在吳大旺吃着麵條時，指導員有條有理、熱情詳盡地給他講了以下幾點：

一、師長的妻子劉蓮親自給他們說了，說吳大旺家裏有些難辦的事，回去要一至三個月，說作為特殊情況，組織上已經給他批了長假，讓連隊沒有什麼急事，就不要催他回來。

二、說師長去北京學習、參加高級幹部精兵簡政、固我長城的研討班，在那有軍委首長組織並主持的研討會

上，他主動請纓，授領了一項艱巨的任務，就是這全軍精簡整編的試點，別的部隊都不願接受時，師長經過強烈要求，把精簡整編的試點師放在了他們師裏。就是說，在師長的要求下，他們的部隊就將要從此解散。他們師的建制，將在最近一段時間內，徹底從中國人民解放軍的編制中煙消雲散。

三、鑒於部隊大整編，師裏有的連隊要調走，有的團隊要解散，所以，現在全師的人員調動和預提幹部的指標就全部取消，幹部部門已經凍結了全部提幹程序與渠道。這樣，原來要給吳大旺提幹的預設，就只能化為泡影。但考慮到他是師長默認和劉蓮最熱情推薦的公務員標兵，師長已經指示有關部門，要破格把他的工作安排在他家鄉所在的那個古都市裏，把他老婆、孩子的戶口一併遷入市內，不僅要實行農轉非，還要安排相應的工作。

四、目前，整編工作已經如火如荼，今年的老兵退伍可能提前，師長家裏的公務員已經連續地另換他人，但工作都不順利，每個公務員都謹小慎微，卻還是經常惹師長生氣，若不是劉蓮大度，怕這公務員都換了三、四個。這樣，就要求吳大旺不僅不要再去師長家裏工作，而且，沒有什麼大事，也就最好不要往師長家裏再去了，以免不知為啥師長見了公務員就心煩。

指導員的話讓吳大旺如釋重負，自從進入軍營後就產生的那種忐忑不安，開始在心裏變得輕如飛風，淡如飄雲。原來他和劉蓮的情事並不為人所知，一個巨大的秘密都還隱藏在他和劉蓮心裏，別人都還不曉分毫。

到這兒，這場不凡的愛情故事，似乎隨着精兵簡政和吳大旺的離開軍營已經臨近結束。這讓人有些遺憾，也有些無奈。仔細推敲，人生就是鍋碗變瓢勺，陰差又陽錯，除此沒有更新的東西和設備。陰差陽錯是我們傳統大戲的精華，也是我們這個情愛故事構造的骨髓。指導員的一、二、三、四，讓吳大旺感到些微的心安，就像一個盜賊在提心吊膽後的空手而歸時，終於撿到了一個元寶樣，使他反復升降起伏的內心，開始有了平靜的滋養，可以在這平靜中，慢慢去思考和面對一切。只可惜，這種相對的平靜，並沒有維持多久，就又開始在他內心有了另外的跌宕和起伏。

他在連隊呆了半天，竟沒有見到連長的身影。他知道，比起指導員來，連長與師長、劉蓮，有着一種更為親密的關係。因為連長也曾經是師長的公務員。師長和他的前任妻子分手惜別時，連長還在師長家裏做着為人民服務的事。正是這樣一種關係，吳大旺就急於要見到連長一面，想從他那裏得到一些更為詳盡的消息和蛛絲馬跡。他就像一個殺了人的罪犯，既要裝得若無其事，又極想知道

人們到底對那場殺人的血災知道、聽到了一些什麼，於是就在下午上課以後，他說他有急事要給連長彙報一下，指導員想了一會，就讓通訊員帶着他去找了連長。

顯然，連長在哪，在幹着什麼，指導員心裏一清二楚。可他卻說不知道連長在哪，讓通訊員帶他找找。他就跟着新兵通訊員，到了營院最南的二團三營的營長宿舍前。

二團三營座落在營院最南的後邊，營部門前是一片開闊的泡桐樹林。滿地枯黃的泡桐樹葉，厚厚一層鋪在營部門前，景象顯得蕭條而又淒寒。就在這淒寒裏，三營長的門前，站着一個哨兵，短胖、憨厚，可竟固執地不讓他們走進營長的宿舍，說營長特意交待，誰來都不讓走進屋裏，所以他們只能站在門口，由他進去報告，看警務連的連長，在不在三營長的宿舍。

那哨兵說着，就開門進了營長的宿舍。他們就在那門外乾等着，竟等得日出日落，歲月久長，還不見那哨兵從屋裏走出來，吳大旺就有些急不可耐地朝三營長的窗口走過去。就是這個時候，就是這扇窗子，讓吳大旺看到了驚心的一幕，感到了他和劉連的關係，並非是簡單的性與愛情。他從那窗子裏看到了三營長的辦公桌上，擺滿了空盤空碗，有幾個當地產的老白乾酒瓶，倒在碗盤的中間，五、六雙鮮紅的筷子，橫七豎八地躺在桌上，落在地上。顯然，他們是從午飯開始喝的，現在，都已酩酊大醉，

四、五個幹部，差不多都已醉得不可收拾。那景象完全是敗軍敗仗後破罐子破摔的一幕活報劇。吳大旺怔在窗口，他發現除了三營長和他的連長外，這一堆酒醉的軍官中，還有三團副團長和三團三營的教導員，還有一個，是師司令部哪個科的參謀。這些人既非同鄉，也不是工作崗位上的夥計戰友，之所以能聚在一起，是因為他們都曾當過師長家的公務員，或者警衛員，再或是師長當營長、連長時的通訊員。吳大旺不知道他們為什麼會聚在一起，個個失去覺悟和原則，放任自己的理性和紀律，脫了軍裝，開懷露脖，爛醉如泥地挫傷着軍人威嚴美好的形象。副團長已經躺在營長的床上打着呼嚕睡了過去，那個參謀不知為啥依着床腿，坐在地上，又哭又笑，而三營長自己，蹲在桌子腿下，不停地拿着自己的雙手，打着自己的嘴巴，罵着自己道，我讓你胡扯亂說！我讓你胡扯亂說！倒是他們的連長和三團二營的教導員都還清醒，不停地拉着營長，勸着他道，何苦呢，何苦呢，哪個部隊留下，哪個部隊解散，誰都還不知道你何苦這個樣兒？

三營長卻坐在那兒哈哈大笑着又喚又叫。

——明擺着的嘛！

——明擺着的嘛！

也就這個當兒，連長扭頭看見了他，驚怔一下，臉上顯出一種慘白，瞟一眼屋裏倒下的戰友，忙丟下營長從屋

裏快步走出來，一把將吳大旺從窗口拉開來，瞪着眼睛質問他，我沒讓你歸隊你為啥歸隊呢？

他說，連長，我回家已經一個半月啦。

連長說，去沒去師長家？

他說，還沒呢。

連長便鬆了一口氣，又返身到營長屋裏說了什麼話，出來就拉着吳大旺，帶着通訊員，回自己的警務連裏了。一路上，連長和指導員恰恰相反，他惜語如金，只給吳大旺說一句話，說今天你聽到看到的，誰都不要說，說出去傳到師長的耳朵，那事情就大了，不可收拾了。

事情就是這樣，吳大旺回到軍營，猶如一粒扣子，掉進了一團亂麻之中，雖然有其千頭萬緒，卻沒有一絲線頭能穿入他那粒扣子的扣眼兒。精簡整編，那是多麼大的事情，他一個小小士兵，哪能理出一個頭緒來。而他所關心的，只是他和劉蓮的愛情，還有因為那愛情他才即將得到的他退伍回家、安排工作和把妻兒的戶口轉入城市的勝利果實。

在吳大旺的眼睛裏，事情就這麼簡單。而回到軍營這短暫的日子裏，令他真正深感意外的是，本是做着以悲劇來結束那段愛情故事的準備，卻意外地收到了加倍的喜劇的效果。沒有想到，因為他在軍營不合時宜地出現，倒加速了組織上安排他儘快離開部隊的步伐。居然在短短的一周之內，人家就安排好了他的工作，辦理好了他的妻子、

兒子農轉非進城的一切手續。而且，這些麻團樣凌亂、纏人的事情，居然沒讓吳大旺有一絲的難處，費上一丁點兒的手腳。而他所要配合的事情，就是在機關幹部的指點之下，填了幾張表格；在有關表格的下邊，簽上自己的名字。

如此而已。

事情的結尾，真的是快得迅雷不及掩耳，讓吳大旺有些措手不及，缺少心理準備。這幾天的時間，他把有關國計民生、固我長城、強我軍隊的整編工作放到一邊，利用白天，重新熟悉了陌生了一個多月的軍營，剛剛和同鄉們見過一次面，把被褥、衣服洗了一遍；利用夜間，簡單梳理了一下自己的心理形狀，把對劉蓮的思念，由模糊不清的慾望和牽掛，整理成近乎於鄉村說的桃花大運的愛情，以期用桃花大運四個浮淺的字眼，來減低對他來說已經變得不再現實的慾望之念。

吳大旺已經隱約感受到了這場愛情的全部經過，似乎是從一開始都在一個謀劃好的計劃之中，如何開始，如何結尾，都如一場戲劇有導演在幕後指手畫腳，而留給他的發揮空間，只是把自己的內心真情，一點一滴地向外揮發，直至到自己投入到或多或少地有些不能自拔，感受到了愛的流失，卻又不願承認自己和劉蓮的愛情，滲有混雜的水分。從內心深處，他寧願利用自我的欺騙，也要維繫住他心裏那美好的童話。因為體味到了生命內部的美好，

就更不願把自己的故事，與外在的整編聯繫起來去加以考察和思考。他不相信師長會甘願把自己的部隊借着精兵簡政之風，化為秋天飄零之葉，讓他的部下，團、營、連、排、班，直至每一個士兵，都如這季節的樹葉隨風飄去。雖然已經有三個營和四個連隊在一聲令下之後，被汽車拉着到了千里之外的兄弟部隊，到了那塊滿是少數民族的邊疆地區，但他還是不願面對這樣的事實。在他親眼目睹到的兩天裏，他看到部隊整編，師裏住有軍區和軍裏的工作組，工作組的組長由軍長親自擔任，透過這莊嚴的形式，他體會到了整編的嚴肅，以旁觀者的目光，見證了那些被調離開這座軍營的部隊，在和首長們一道兒忍悲含痛地用完最後一頓豐盛大餐，有許多人借着一點酒興，在無人知曉的僻靜之處，砸了和他們朝夕相處，擋風避雨的連隊的玻璃，摔了許多十幾年一直與他們同榮辱、共患難的訓練器材，最後在離開營院要走時，他們彼此抱頭大哭，痛不欲生，如同一場再也難以相見的生離死別。

但是，他們還是走了。

一團調走了。

二團的一營調走了。

師直屬隊的機槍連也被調走了。

吳大旺是在昨天的下午，悄悄來到與警務連相鄰的機槍連，那時候那個曾在解放戰爭中兩次立過集體大功的連

隊，已經被五輛解放牌卡車送往鐵路上的軍轉站。他到機槍連時，那裏只剩下濃厚的狼藉，如同他和劉蓮兩個月前在師長的洋樓裏砸東甩西留下的一片凌亂。所不同的是，他們在一片狼藉中收穫的是瘋狂而真摯的愛，而這個連隊，在一片狼藉中，收穫的只能是每個軍人突如其來的命運的沉浮與改變。訓練的木槍扔在屋子裏，留下的木馬上那新的膠皮被人用刀割破了，露出的豁口如同大喚大叫的嘴。原來整潔的黑板報上，醒目地寫着一行粗野而火熱赤誠的文字 —— 操你媽呀，我不想離開這座軍營啊！

還有被封的宿舍屋門的封條上，有士兵用紅色鋼筆寫了幾句順口溜 —— 大海航行靠舵手，舵手聽命細水流；水流往東我往東，軍人的命運隨風走。

這順口溜的作者落款是意味深長的 —— 哎啊呀。

吳大旺在機槍連的門前站了很久，落日的血紅靜靜地從一片寂靜中鋪過來，有一種家破人亡的悽楚的感覺，從落日中襲上吳大旺的心頭時，他覺得很想有眼淚掉出來，擠了幾下眼，眼裏卻空空蕩蕩，並沒有什麼淚水。到這時，他這才真正明白，精簡整編並沒有多少真的傷悲存在於自己的內心，而真正使他痛苦不安的，是連長和指導員堅決不讓他去師長家裏，不讓他去見上劉蓮一面。

他從機槍連門前走開了。

他在回連隊的路上，碰到了來找他要他在一張安排工作的表格上簽名的管理科長。管理科長在他簽完名時，在路邊拍了拍他的肩，很神密地笑了笑，說吳班長，你享劉蓮的福了，全師官兵的命運都沒你的好。然後就拿着那張表格走掉了。他就在那路邊站了大半天，直到晚飯前後，他還在那兒品味着管理科長的話，和管理科長說話時臉上半陰半陽的笑。

　　晚上，部隊熄燈號響過之後，幹部、戰士們都已陸續地閉上眼睛，進入夢鄉，而他睡在公務班靠東的牆下，獨自睜眼面壁，思考着這發生的一切，不知為什麼，白天，他總是會把整編和他與劉蓮的性愛分開來看待和思考，而到了晚上，又總是會不自覺地把他和劉蓮的愛情與部隊的解散、整編聯繫在一起。這時候，有一種被戲弄的感覺，才會蟲蛀樣襲上心頭。那種本來不很明顯的自尊在這時，會多少感受一點明顯的傷害。可想到在和劉蓮在一起的日子裏，她的諸種好處，她對他那許多說不清是母親、大姐，還是上級和妻子樣的愛，卻使他剛剛泛上心頭的受辱的尊嚴，又會馬上被一點一滴地掩蓋下去，而重新看到的，就是劉蓮那甜熟、美麗、動人的身子，白潤光滑的肌膚和她那張總是有說不出的逗人、誘人的臉。躺在床上，輾轉反側，回想着那過去的瘋狂而美妙的時刻，吳大旺總忍不住想要有些鴛夢重溫的念頭，有一種無可名狀的慾

念，會在剎那間轉化成血液的奔襲，一下子使他的全身都處在煩燥之中。這時候，似乎為了那一瞬間的快活，和偉大的性與愛情，什麼人生、命運、自己退伍到城裏工作，妻子、兒子從此由窮鄉僻壤的農民變成朝思暮想的城裏人的那就要實現的理想，似乎都變得微不足道，不值一提。而只要能和她見上一面，就可以丟失一切的衝動，會立刻在他身上龍捲風樣鼓蕩起來。那種眼前的部隊悲壯的精減與解散，會從他腦裏暫時消失，只留下他急需見到劉蓮那按捺不住的情感與靈魂的需求。

就是這天晚上，睡到半夜時候，他曾經大着膽子從床上偷偷起來，穿好軍裝，悄悄朝一號院裏的師長家裏走去。可在他就要離開連隊轄區時候，他的身後傳來了一聲斷喝，那聲音又粗又重，怒吼般喚出的五個字，立刻就釘子般地釘住了他的腳步——

你不要命啦！

回頭一看，怒斥他的是連長。連長跟在他的身後幾步遠近，彷彿影子一樣。他不知道是連長去哪兒回來碰見了他，還是本來就一直跟在他身後，在觀察他的思想和動向。他站在路邊一棵樹下的陰影裏，連長立在路燈下的明亮處，他看見連長臉上僵着一層青紫色。

彼此望了一會，連長又朝他怒喝了一句——回去！他就乖乖地從連長身邊回到了宿舍。和連長擦肩而過時，連

長像大哥一樣，輕而憤怒地責怪着説了他幾句。説，你也不想想你是 —— 一個農民的兒子，想想人家是誰 —— 堂堂師長的夫人。師長不光不處理你，而且還給你全家調進城裏，安排工作，你還想咋樣吳大旺？

他就站在了那裏。

連長説，回去睡吧，你的事只有我能猜出來，別的誰都不知道。

他沒有回去，仍舊站在那兒怔怔地望着連長的臉。

連長説，你忘了我是師長當副師長時家裏的公務員？他第一個老婆為啥寧願嫁給一個工人，也不願跟着師長享福的事，你以為只有你知道？

連長説，我給你實話説吧，三朝兩日之內，就要宣佈留在營房裏的各個營、團、連，哪支部隊解散回家，哪支部隊留下來編入兄弟部隊，現在上上下下，人心慌慌，可你還有心思想入非非，捫心自問，你吳大旺不覺得自己的覺悟太低了嗎？説我真的不知道，當時師長為啥會看上你，會把你調到家裏去當公務員。不知道劉蓮為什麼也能看上你，看上你這個這麼糊塗的兵。

吳大旺木然地站在那兒，他想起三天前他在三營長宿舍看到的凡在師長家裏做過公務員、警衛員那五個團、營、連各職軍官酩酊大醉的那幕活報劇，就盯着連長問，警務連也會撤消嗎？

連長說，也許不會吧，可你要去了師長家，那就說不定了呢。

他就默默地勾着頭，從連長面前走掉了。

從此，吳大旺再也沒有離開過連隊宿舍半步，每天都如死了一樣睡在宿舍的鋪板上。好在，這樣令人難過的時間並不長，僅三天。三天後的一個中午，吳大旺正式接到了他離開部隊的通知。通知到連隊不久，指導員和連長共同和他談了話。指導員說，吳大旺，請客吧你，組織上把你的工作和你一家人的戶口全都辦妥了。說你猜你分到了哪？你家那個城市最大的工廠裏 —— 東方紅拖拉機廠。說你們廠長的職務比省長、軍長的職務還要高。

連長說，請客就算了，你回到地方，哪都要花錢，在部隊能省一個就省一個吧。說快把東西收拾收拾吧你，地方要你必須後天就報到，這樣你必須今天就坐上火車，明天趕到那個城市裏。

這場所謂的談話，提綱攜領，內容簡短清晰，說完這麼幾句，指導員和連長便親自幫他去捆綁他那離開部隊的行李了。

一切都還在吳大旺混沌不知時，大大小小、前前後後，左左右右，都由組織上給他安排得緊湊急迫，匆忙有序。一說要走，連裝行李的紙箱、木箱和捆箱的繩子，組織上竟都替他準備得不缺不少，一妥二當。這一切顯得有

些慌亂，可仔細分析，一切都又顯得那麼有張有馳，嚴絲合縫，滴水不漏。吳大旺是晚上十二點半的火車，這樣，晚飯時連隊不僅從容地給他加了幾個菜，還在飯後給他趕着開了一個連隊歡送會。

歡送會就在連隊的飯堂，全連戰士一百多號人，都着裝整齊地坐在小凳上，當大家唱了歌，集體背了幾段毛主席的語錄後，指導員向大家宣佈了吳大旺提前退伍的消息。那消息如一陣冰雹樣砸得大家目瞪口呆。接下來，來為吳大旺親自送行的管理科長，又宣讀了一份連吳大旺和連長、指導員都還不知道的吳大旺榮立三等功的通知。那通知上說，吳大旺不光覺悟高，思想紅，品德好，是學習毛主席著作的積極分子，而且言行一致，有言必行，用實際行動實踐了全心全意為人民服務的宗旨，被師裏評為全師唯一的為人民服務的標兵。說為什麼地方上會主動來部隊挑選吳大旺到地方去工作？就是因為他有一顆真正火熱的全心全意為人民服務的心。

最後，管理科長和指導員都號召全連官兵要向吳大旺同志學習，說只有自己全心全意地為人民服務，人民才會記住你，感激你，組織上也才會像照顧、幫助吳大旺樣照顧、幫助每一個人，才會像替吳大旺安排工作、作為特殊情況讓他提前退伍樣，替每一個士兵考慮他們日後的前程、命運、理想和為社會主義事業獻身的工作崗位。

在這個歡送會上，自始自終，吳大旺沒說一句話，就連上台領三等功證章時，臉上也顯得凝重和無奈。指導員再三讓他給大家說幾句，他就說我沒話可說，向大家和組織鞠個躬吧。就向連隊的戰友們深鞠一躬，又扭頭向代表組織的管理科長和指導員敬了一個旋轉式軍禮。

歡送會就完了。

回到宿舍，連長正在往他的行李上貼着火車站拖運行李的標籤，見了吳大旺，他把最後一個標籤貼上去，對吳大旺苦笑一下，說你走了，我也接到轉業的通知了。說這一批走的不光是我，凡是在師長家裏做過公務員的幾個幹部都走了，不怪別的，都怪我們沒有做到不該說的別說那句話，私下議論師長前任妻子和現任妻子劉蓮多了些，不知怎麼讓師長知道了。

吳大旺怔着說，就為這？

連長又笑笑，說也許不是，都是我瞎猜。

吳大旺就默着在連長面前站了許久。

離開連隊時，月色初明，不知時歲為農曆初幾，鐮刀似的月亮，勾在天空的雲上，仍然讓吳大旺感到它似乎會立馬從天空掉落下來。吳大旺坐的仍然是管理科的吉普車，他上了車後，全連官兵都出來給他送行，他們彼此一一握手，寒暄問候，大部分戰士都對他說了祝賀的話。說老班長，你走吧，只要我們連隊不解散，我們就一定會

努力向你學習，也爭取做個為人民服務的標兵。聽到這樣的話時，吳大旺一言不發，只是重重地握握對方的手，又迅速丟開，去和下一個握手告別。一一告別之後，也就上了車去，最後離開連隊時，原計劃是要忍着不掉眼淚的，可在吉普車發動了的最後一刻，他還是情之所至，忍不住悽然淚下，揮淚而別。

這就走了。

第十三章

一切都已經圓滿結束。

圓滿得連管理科長都心懷憂傷地對連長和指導員悄聲說，說吳大旺順利離開部隊了，下一步就該自己了。說自己還不到四十歲，說好要到下面一個團裏當團長，可現在，聽說有可能安排他轉業呢。他說他不想走，他還想在部隊幹下去。說他必須得到師長辦公室，去向師長求求情，讓師長把自己留下來。說完這話時，他有些可憐地望着連長和指導員，連長和指導員也有些驚奇地望着他。默一會，他朝連長和指導員笑了笑，說都好自為之吧，我就不親自去車站送吳大旺了，由你們作為代表送行吧。

管理科長說完後，望着吉普車離開連隊，他就徑直往辦公樓裏走去了。而吉普車也開着夜燈，往軍營的大門駛去，猶如一艘離開碼頭的快艇，奔駛在夜的波浪之中。明亮的上弦月已經從軍營以外，走入軍營的上空，秋夜中的樹木，顯得光禿而又荒落。沒有夜鶯的叫聲，也沒有蛐蛐在靜寂中的快樂的歌鳴。軍營裏的熄燈號都已響過，各個連隊都企望自己能以最後的表現，贏得師首長們的信任，

以期在這次整編中，把自己的連隊留下來，把別的連隊解散去，所以，他們都以無聲的步伐，整齊劃一地步入那令人擔憂的夢鄉。沒有多少人能夠意識到，在這方土地上，這座軍營裏，有一個不凡的故事，將在這一時刻最終走入它的尾聲。就是那些故事的主角和對故事有朦朧的感知者，如吳大旺的連長和指導員，既便知道故事已近尾聲，也沒有料到，一台人生大戲在閉幕之後，會狗尾續貂地從幕布的縫中，又演繹出那麼一個額外的結尾，使這華彩樂章那默默無語的尾聲，增加了許多的憂傷和回味，悲壯與悽楚。

　　吉普車一直在軍營的路燈下面行進着，昏花的燈光如渾水樣灑在路面上，而明亮的吉普車的燈光，投射到那昏花上，就像兩束探照燈光一模樣。過了一排房，又過了一排房，路邊的樹木、電線杆，一根根地朝車後倒過去，如同是被那刀樣的燈光連根砍去，一併抹殺。吳大旺坐在左邊的車椅上，連長和指導員坐在他對面，開始說了幾句看看車票帶沒有、路上車子開快些、到車站辦托運手續特別慢的話，後來就都不再言語了。有一種分手的憂傷與沉重，壓在了他們頭頂上，就連吉普車從首長院前的路上經過時，吳大旺、連長和指導員，誰也沒有多說一句話，誰也沒有多往那兒瞅一眼。可就在吉普車快要到了營院大門口，一切都將結束時，一號院裏二樓原來黑暗的燈光突然

閃亮了。那亮燈的窗口，也正是劉蓮的臥室屋，這一亮，已經從樓前過去的吳大旺，那心裏原有暗伏的衝動宛若是突然決開的大堤，氾濫的洪水。原先，他的臉上是一種土木色，彷彿一塊沒有表情的木板樣，可現在，映入他眼簾的燈光，把他土木的臉色變成了泛潮的紅。原來那半合半閉的嘴唇，突然繃成了一條筆直的線。他朝那燈光瞟一眼，又瞟了一眼睛，當吉普車快要從那燈光中遠去時，他突然大叫了一聲——停一下。

司機猛地就把車子剎在了路中央——

怎麼了？

吳大旺沒回答，順手從他的行李中摸出一樣東西就跳到了車下邊，轉身便迎着一號院落走過去。

指導員和連長都明白他要去哪兒，他要幹啥兒。連長對着他的背影喚，吳大旺，你站住！

吳大旺沒有站下來，但他的步子慢下了。

連長接着吼，你要敢進一號院落我就敢當即處分你，別以為你現在脫掉軍裝了，你的檔案要到明天才能寄出去。

吳大旺立住了腳。

可指導員卻溫情、人性地對連長笑了笑，說師長在辦公室，就讓他去告個別吧，這是人之常情。

聽了這話，連長沉默了。指導員從車上跳下來，就陪着吳大旺去了師長家。

從師部大門口，到首長小院的大門口，說來也就二百米，這段路上的燈光，要比營院主馬路上的燈光亮許多。能看清吳大旺的臉上是一種淺青色，看得出有一股怨氣飄在那臉上，不知那怨氣是對着剛才連長的喝斥，還是劉蓮所給予他的混雜的愛情。指導員和他並着肩，邊走邊小聲做着他那細膩如春雨飄落般的思想工作，說我總是在會上給大家說空話和大話，套話與虛話，今天你吳大旺要離開部隊了，我必須給你說幾句實在話。說道一千，說一萬，人生在世，最終的目的就是要把日子過得好一些。每個當兵的人，是工人家庭出身的，想把工人家庭變成幹部家庭；是普通幹部家庭出身的，想把普通的幹部家庭變成中層幹部或高級幹部家庭；是農民家庭出身的，自然想把自己和家裏的親人都變成城裏人。指導員說，也許這種理想不符合做一個大公無私的革命軍人的標準，但卻切合實際，實事求是。說對一個人來講，這些人生目標並不大，可有時要努力實現時，卻要付出畢生的精力。說我說小吳呀，部隊解散已迫在眉睫了，據說留下來的是少數，要解散回家的是多數，在這種情況下，無論如何軍營裏百分之八十的幹部沒實現的目標已經沒有機會實現了，可你卻在三朝兩日之內，全都實現了。僅憑這一點，到了師長家裏你就應該彬彬有禮，說話溫和，最後給劉蓮留個好印象。

說山不轉水轉，多少年以後，也許你又有了困難，還需要師長和劉蓮幫忙解決呢。

指導員說，喂，聽見沒？我說的話。

吳大旺說，聽見了，你放心，指導員。

這就到了首長院。

站哨的士兵給他們敬了禮，他們共同還了禮後，不一會就到了一號院前了。首長院裏是不需要按時熄燈的，營院的各連都早已關燈睡覺，既是睡不著，也要貌似在夢鄉。而這兒的院落裏，家家都還燈光明亮，有收音機的唱聲從誰家的樓裏飄出來。聽着那唱聲，他們到了那熟悉得不能再熟悉的一號院的鐵門前，吳大旺看見秋時的葡萄架，還有一半的黃葉捲在藤架上，花花打打的淺色月光，從葡萄架上落下來，一片連着一片，像被人撕破的白綢落在樓前邊。不必說，熟葡萄早已不在，可還有一股微酸微甜的葡萄味兒從那架上擴散着。吳大旺嗅到了那味道，他有些貪戀地吸了一鼻子。這時候，他正要去推鐵門上沒有上鎖的小門時，指導員一把拉住了吳大旺，說小吳，我有件事想最後求你幫個忙。

月光裏，吳大旺看着指導員的臉，那臉上是一層難以啟齒的僵硬和尷尬。

吳大旺說，你說吧，指導員。

指導員說，你一定得幫這個忙。

吳大旺問，我能幫你啥忙兒？

指導員說，這忙只有你能幫得上。

吳大旺說，只要能幫上。

指導員說，我看出來劉蓮和你的關係不一般。你要走了，最後給劉蓮說一聲，讓她給師長說一下，說我今天聽到消息說，組織上已經安排我轉業了，請劉蓮給師長說個情，我沒犯什麼錯，年年都被評為模範指導員，優秀的思想政治工作者，不說讓師長給我提一級，調到機關裏，至少也讓我在部隊多幹一、二年，如果警務連解散了，就把我調到別的連隊去。說到明年底我就有十五年軍齡了，就是熬不到副營，老婆也可以隨軍了。指導員說，實說了吧，我老婆他爹是公社的武裝部長，人家就是看上我有可能把他女兒隨軍安排工作，才讓女兒嫁給我的。才送我到了部隊。我娶人家女兒時，給人家寫過保證書，說無論如何要讓人家女兒隨軍呢。小吳呀，你和劉蓮關係不一般，你就讓她給師長說一聲。

吳大旺異常驚異地站在那兒沒有動，他在驚異指導員的婚姻與命運竟和自己的一模一樣，彷彿是一對孿生兄弟般。

指導員望着木然的他，有些難為情地笑了笑，說我知道這時候不該讓你說這話，可你要走了，不說就沒有機會了。又說，走，進去見機行事吧，如果師長家裏還有別人

你就什麼也別說；沒有別人了，你就給劉蓮說一聲。他們就推門進了院落裏，穿過葡萄架時，吳大旺朝邊上的花地瞅了瞅，見那些該剪的花棵都還在那兒，想有些花棵秋時是要剪去的，比如菊花，這時候就該從根上剪了去，以利於儲養過冬，明年春來再發。可現在，那些菊花、芍藥都還在那兒，有幾分秋荒的模樣兒。他很想把這養花的基本常識給指導員說一說，讓他轉告新的公務員，可是未及說出口，就到了樓屋前，指導員已經先自上前一步，把吳大旺擋在身後，不輕不重地喚了兩聲報告，聽見劉蓮在樓上問了一聲誰。指導員說是我，警務連的指導員。劉蓮的腳步便柔軟地從那木樓梯上咯吱咯吱地下來了。

很顯然，師長不在家，只有劉蓮一人在這樓屋裏。指導員說到底他是指導員，心細膩，知情理，做事得體識時，宛若及時雨總能落在乾旱的土地上。他朝後退了退，把吳大旺朝前邊推了推，然後自己就站在了一片黑影裏。

門開了，劉蓮穿了一套像大衣那樣鮮紅的針織保暖睡衣出現在了門口上。也許她壓根兒沒有想到吳大旺會在這臨走之前的最後時刻來看她，她的頭髮有些亂，臉上有些黃，好像有幾分疲倦的樣。最為重要的，是她果真懷孕了，肚子已經鮮明地隆起來。當意識到自己隆着肚子站在吳大旺面前的不合時宜時，她不悅地看了一眼吳大旺身後的指導員，指導員卻裝着沒有看見她的目光樣，望着樓外

的哪。就這麼，有那麼一瞬間，她和吳大旺都那麼僵僵硬硬、板着情緒，立在門口的燈光下，一個在屋裏，一個在屋外，沉默着，好像都在等着對方首先說話那樣兒。吳大旺是首先看到她隆起的肚子的，那意外像走路時撞在了牆上樣，一時間腦子裏一片空白，不知道發生了什麼事。就那麼木呆在屋門口，直到指導員在他身後用指頭捅了他一下，他才多少有些從懵懂中醒過來，輕聲説了一句我走了。

她說我知道，十二點半的火車嘛。

他就說走前最後來看你一眼，便把手裏的一包油光紙包的東西遞過去，像遞一件她丟了他又找回的東西樣。可她卻沒有立刻接，而是瞅着那包東西問，什麼呀？他說是松籽，我專門從老家帶來的。她就接過那松籽看了看，還打開拿出一粒嚼了嚼，邊吃邊轉身，不說話就上了二樓去。

正是這包松籽打破了他們的僵局，使故事得以沿着預設的方向朝前亦趨亦步地延伸發展着。使故事的尾聲，有了新的意味。借着她上樓的天賜良機，吳大旺進了一樓的客廳裏，粗粗看了客廳裏的擺設和佈局，還和他在時沒二樣，只是樓梯口原來那塊玻璃鏡框中的發揚革命傳統、爭取更大光榮的語錄牌被他們摔了後，現在那兒掛的鏡框還是那麼大，內容成了沒有一個人民的軍隊，便沒有人民的一切了。吳大旺還想走進廚房看一看，那是他工作和戰鬥過的地方，是他人生一切的轉折和起點。他尤其想看一

眼套在大客廳一邊的餐廳裏，想看看那餐桌上有什麼變化沒，那塊為人民服務的牌子還在不在，若還在，他想請求劉蓮把那木牌送給他。沒有什麼別的含意，僅僅是一個人生紀念而已。

可他正要往廚房和餐廳走去時，劉蓮卻很快從樓上下來了。

她手裏拿了一樣紅綢布包着的東西，半寸厚，幾寸寬，有一尺二寸那麼長，她過來把那東西默默地遞給吳大旺，吳大旺説是啥？她説，你想要的東西。他就抖開一角看了看，臉上立刻有了淺潤的紅，忙又包起來，抬起頭，兩眼放光地瞅住劉蓮的臉，輕聲親呢、聲音中含着顫抖的磁性，哆嗦着嘴唇叫了她一聲劉姐。她便朝門外看一眼，拿手在他臉上摸一下，説你們指導員陪你來找我，是不是托你向我求情把他留在部隊的事？吳大旺朝劉蓮點了一個頭，劉蓮的眼圈便紅了，説路上給你們指導員和連長道個歉，就説我劉蓮對不起他們了，我沒有能力幫他們，上邊已經批准了師長最後的報告，同意現在留在營院的部隊全部解散，一個不留，每一個人都必須脱掉軍裝，各回各家去工作。

劉蓮説，我對不起你們連隊了，快走吧，讓連長和指導員轉業後有事來找我。

吳大旺站着沒有動。

劉蓮說，走吧，小吳，師長快從辦公室裏回來了。

吳大旺仍然站在那兒沒有動，臉上是一層茫然的蒼白色。

劉蓮就對着他苦笑一下子，又拿起他的手在她隆起的肚上摸了摸，催着說，快走吧。便對着樓外站在黑影裏的指導員大聲地喚，指導員，你們抓緊都走吧，別誤了火車的點。

於是，也就不能不走了。

就走了。

她送他到一號院的大門口，站在那兒，她身上依然有一股熟透的蘋果的味道在月光下面朝營院散發着，如同一股從未間斷的濃郁的香味自始自終都貫穿在一個故事裏。

三天後，這個師被宣佈解散了，那些知道吳大旺和劉蓮的性愛故事者，全都走掉了。不知道的，也全部走掉了。一個秘密被深埋在了大家的遺忘裏，就像一塊黃金被扔在了大海裏。

尾聲

　　翻越時間的山脈，跨越歲月的長河，當吳大旺在十五年後走入他的中年時，沒有人知道這十五年他是如何度過的，他和他的妻子、兒子、及他自幼嚮往的那個城市，還有他的工作和人生，我們都對此一無所知，茫然空白。唯一能看到的，是他在步入四十幾歲之後，臉上顯得蒼老和無奈，有幾分黑紅的皮膚上，由於缺欠保養而顯出了男人們的粗糙和鄉土的氣息。仔細看去，除了臉上本應有的歲月的刻紋，還有一些超過他實際年齡的悲哀和荒涼。在那張已經顯出敗容的中年人的臉膛上，這個變革的社會和幾代人共有的變革的經歷，讓他這個年齡喪失了不該喪失的面對生活的朝氣和耐性。年輕時面對人生那種勇往無前的氣概本來就不多，而當他十五年後再次出現在省會軍區的首長家屬院的大院門前時，這種氣概在他身上早已喪失殆盡，所存為零。毫無疑問，他早就知道，當年的師長，幾年前就已經是省軍區的司令員，而那個當年熟果子樣的劉蓮，不消說是今天這個省城裏人見人敬的司令員的夫人。關於司令員的情況，可以從電視、報紙上一目了然，經常

看到，而關於劉蓮的人生境遇，就只能從一些愛好拉大旗和攀龍附鳳的戰友的嘴裏道聽途說。

十五年杳無音訊，而在十五年之後的這個冬天，當大雪覆蓋了省會的高樓、環城路和立交橋的時候，當穿城而過的金水河上結出深厚的冰凌，少年們可以在河面上滑冰遊戲時，當一個來自省軍區首長家屬院的不到十五歲的少年，被穿着有些過時的軍用大衣的吳大旺遙遙地盯着看了半晌之後，他在黃昏的落日中，沿着金水河邊的濱河大道，向東走了五百多米，也就到了省軍區首長家屬院的門前。

這個家屬院的大門，已經和當年省東數百里那座早已成為工廠的師部的首長家屬院的大門完全不同，它高大巍峨，兩邊的立柱如同豎直的城牆，立柱上鑲的一米見方的大塊的進口石材，大約很少有人知道它來自哪個國度，被命名為什麼名貴品牌，有多少錢才可以買來一個平方。立柱上的橫樑，不僅同樣鑲着這樣的石材，暗藏了許多經過精心設計的電燈，而且還掛了國慶時掛將上去、國慶後卻沒有及時卸下的兩個巨型的燈籠。燈籠下的兩個士兵，各自持槍立在一尺半高、紅白相間的正方形的哨台上，人雖並不是嚴正穆然的模樣，可卻因為那個大門、哨台和軍區首長家屬院的虛浮的威名，還有面前車水馬龍的景觀，他們就不得不肅靜地立正，擺出一副穆然的樣兒。吳大旺沒有走近這個大門，他只是遠遠地站在馬路的那邊，靜靜

地觀察着這個大門在黃昏中的進進出出，直到晚上十點之後，才又悄然離開，消失在了這個繁華的都市。

當他第二次出現在這個門口時候，已經是第二天天亮時分。服役的經驗告訴了吳大旺許多走進首長大院的基本常識。於是，他就順利地走進了那個貌似森嚴的軍區首長的家屬院內，並且順利地找到了這裏的一號院落。

一切的格局，竟和十五年前那座一號院落大同小異，鐵藝欄杆的圍牆裏邊，有越冬的花圃，有被雪覆蓋的空白菜地，菜畦兒和田埂在雪地裏還都清晰可見。最為出人意外的是，大鐵門後通往樓房的門口那兒，竟也是一個葡萄架子搭成的長廊，那些在冬天乾瘦卻依然堅韌的葡萄藤架上，還有着許多魚鱗樣的雪枝。大門也依然是可以進車的鐵門，鐵門上依然開着一扇小的鐵門。已經被雨水沖出黑跡的水磨石的門柱邊，有一個哨兵立在木板制的哨樓外，吳大旺走過來時，他用懷疑的目光盯着他，老遠就對他冷冷地喂一下，拉着長腔問他說，去哪兒，找誰呀？

他說就到這，我找劉姐，劉蓮大姐。說十五年前司令當師長時，我是他們家的公務員。

哨兵說，你來提前和司令家裏聯繫沒？

他說沒聯繫我能進那大門嗎？

哨兵就到那哨樓裏拿着電話往司令家裏撥，吳大旺便告訴他說，你告訴劉蓮說我叫吳大旺，已經到她的門口

了。這時候，吳大旺就站在那門前等待着，哨兵不知和誰通了幾句話，掛了電話出來打量他一陣子，不言不語推開鐵門進了那院裏，又進了樓屋裏，把吳大旺一個人扔在了院落外。首長院在這鬧市裏，因為院子大，樹木多，又是大雪天，就顯得安靜得無法説，彷彿有無邊無際的靜寂在包圍着這院落。天空是陰沉的灰暗色，又開始有細密的雪花飄起來，不一會，吳大旺的頭上，大衣上，就有了絨絨一層白，他就站在那門前靜等着，直到他在門外站得有些寒冷了，想用腳在地上跺着取暖時，那個進去的瘦削的士兵才出來，遞給他一封用兩個釘書釘封了口兒的信。那哨兵把信給他，説劉阿姨請人在家裏整頭髮，離不開，也不便讓人進家裏，説讓你看看信，有什麼事了寫在信上她準定給你辦。

吳大旺拿着那信怔了怔，打開來，見那信的最上邊精簡節約地寫着那樣一句話：

有什麼困難了就寫在這紙上，是需要錢了把錢數和郵寄地址寫上去。

就在那雪花飄飛的大門口，吳大旺朝門裏望了望，站在那兒沒有動，臉上僵了一層無奈的半青半白的怨。過一會，他把那信疊起來，裝進信封裏，接着從大衣裏邊的哪

兒摸出那塊紅綢包住的扁牌兒，半寸厚、三寸寬，一尺二寸長，像特製的禮品煙，他把那塊匾牌兒遞給那哨兵說，你把這交給劉蓮就行了。

然後，他就轉身走掉了，慢慢消失在雪天裏。

2004 年 8 月 17 日